HANK
THE COWDOG

警犬汉克历险记46

狡猾的陷阱

作 者

[美] 约翰·R.埃里克森

插画家

[美] 杰拉尔德·L.福尔摩斯

译 者

陈夏倩 英尚

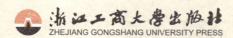

浙江工商大学出版社

ZHEJIANG GONGSHANG UNIVERSITY PRESS

图字：11-2011-207 号

图书在版编目（CIP）数据

狡猾的陷阱 / （美）埃里克森（Erickson, J. R.）著；
陈夏倩，英尚译 . —杭州：浙江工商大学出版社，2015.3
（警犬汉克历险记；46）
书名原文：The Case of the Tricky Trap
ISBN 978-7-5178-0144-3

Ⅰ. ①狡… Ⅱ. ①埃… ②陈… ③英… Ⅲ. ①儿童故
事—美国—现代 Ⅳ. ① I712.85

中国版本图书馆 CIP 数据核字（2013）第 292209 号

狡猾的陷阱

[美] 约翰·R·埃里克森 著

陈夏倩 英尚 译

出版发行	浙江工商大学出版社
出 品 人	鲍观明
版权总监	王毅
组稿编辑	玲子
责任编辑	罗丁瑞　黄静芬
策划监制	英文尚化　英尚文化　enshine@sina.cn
营销宣传	北京名聚轩教育科技有限公司
设计排版	纸上魔方
印　　刷	北京市全海印刷厂
开　　本	710mm×1000mm　1/16
印　　张	8
字　　数	100 千字
版 印 次	2015 年 3 月第 1 版　2015 年 3 月第 1 次印刷
书　　号	ISBN 978-7-5178-0144-3
定　　价	19.80 元

谨以此书纪念我的祖母——

美博·谢尔曼·柯里

牧场全景图

出场人物秀

汉克

　　牛仔犬，体型高大。自称牧场治安长官。忠诚又狡黠，聪明又愚蠢，勇敢又怯懦。昵称汉基。

卓沃尔

　　汉克忠诚但胆小的助手。个子矮小，执行任务时，经常说腿疼，让人真假难辨。

鲁普尔

　　汉克所在牧场的主人，萨莉·梅的丈夫。

萨莉·梅

　　牧场女主人，因不喜欢汉克的淘气和邋遢，与汉克的关系时好时坏。

斯利姆

　　牧场的雇员，牛仔，独身，生活较邋遢。

阿尔弗雷德

　　鲁普尔和萨莉·梅的儿子，是个活泼、好动的小男孩儿。

莫莉

　　鲁普尔与萨莉·梅的女儿，阿尔弗雷德的妹妹。

华莱士和小华莱士

　　秃鹰父子。小华莱士虽然口吃，但是心地善良，梦想成为歌唱家。

埃迪

　　一只喜欢恶作剧的浣熊。

埃迪的问题

　　我们讨论过浣熊吗？也许讨论过了，因为我们已经说过几个有关埃迪的故事。还记得埃迪吗？在他还是个小骗子的时候，我和斯利姆从流浪狗的嘴里救了他。斯利姆一直把他当宠物养着，后来他变得让人感到非常讨厌，每个人都想看着他离去。

　　你也可以说是我帮着饲养了埃迪。在某些方面，他还算是个不错的小家伙，但他还是个骗子。你看，埃迪给我上的有价值的一课，就是永远也不能相信埃迪。在他那张可爱的浣熊脸和令人喜欢的个性后面，隐藏着一个反派艺术家的大脑。他能凭着一张嘴从牢房和束缚中出来，我必须承认即使是我也曾有几次成了他的牺牲品。有那么一两次吧。

　　有一次就足够了。

目录

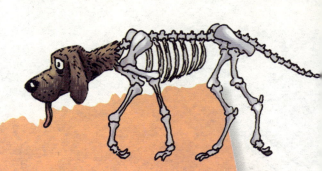

第一章

沙拉对狗
有好处

又是我，警犬汉克。根据我的回忆，神秘的事件发生在二月一个寒冷阴暗的日子里。是三月。不，就是二月，因为二月天气还很冷，到处还结着冰。

是的，就是在三月，在三月一个温暖的日子里。我和卓沃尔使牧场又度过了一个黑暗而又充满危险的夜晚。我们在麻袋床上打了个盹儿，然后又冒着生命危险出去对牧场总部进行日常的巡逻。

当我们到了畜栏的时候，我注意到畜栏木板的下面冒出来一些过冬后的草新发的嫩芽。也许你会认为一些草的嫩芽不是什么了不起的大事，不，这可是件大事。在我们牧场，最先出现的青草总是可喜的征兆，象征着无聊灰暗的冬天将很快消失在春天温暖的日子里。

我停下来，闻了闻小草。卓沃尔注意到了，显得很惊讶。"你在干什么？"

"我在停下来闻玫瑰。"

"噢，但它们只不过是草。"

"卓沃尔，今天我们有了草，明天我们就会有玫瑰。这是今年的第一批青草，春天就要来了。"他一脸茫然地盯着我。"你怎么了？在漫长的三个月里，我们的世界都是单调的灰色，现在终于有了点儿绿色。我觉得你应该很激动。"

"对，但是我不激动。"

我背过身去，闻着小草。"谁在乎呢？我喜欢这东西的气味。我是说，整个冬天我们都是跟尘土和枯树叶的气味生活在一起，但是现在……"我往肺里吸满了青草的芳香气味。"真是太香了！太棒了！这气味好得能当饭吃。"

我又闻了闻小草，突然……噢，吃点儿草的想法强烈地吸引着我，你知道吗？就在此时此刻，我叼住了一些柔嫩小草的芽，把它们咽了下去。

卓沃尔瞪大了眼睛。"你吃草了？"

"我当然吃草了。你要知道，对狗来说，吃草很正常，你知道是为什么吗？"

他摇了摇头。"我想不出来。"

"那就让我给解释一下。"我开始在他的面前来回地踱步，就像我在被迫扩展他有限的大脑时经常做的那样。"第一，青草清洁我们的牙齿，使我们的口气变得清新。第二，这对消化有好处。第三，吃了一个冬天的合作社狗粮，在我们的食物中，我们需要点儿沙拉。"

他盯着我。"沙拉！我讨厌沙拉。那是给兔子吃的。"

"卓沃尔，对兔子有好处的东西，有时候对狗也有好处。你要知道，青草中含有大量的要他命和矿石，有利于骨骼、毛发和肌肉的健康。"

"你是说维他命和矿物质吧？"

"我就是这么说的。"

"不对，我认为你说的是矿石。"

我停止了踱步。"卓沃尔，我没有说过矿石。矿石是一种石头，它们在

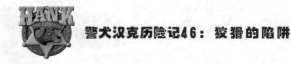

山上，而且它们不吃草。"

"是的，但是……"

"我在给你讲饮食和营养学的知识。如果你能认真听，不要再说什么矿石，我会很感激的。"我又开始了踱步。"现在，我说到哪儿了？"

"要他命和矿石。"

"对，当然了。这是常识，合作社的狗粮是用锯末和油脂做成的。我们的主人买它是因为它便宜，但是它只含了微量的要他命和矿石来维持狗的生存。这就是我们需要经常地吃点儿沙拉类食物的原因。"

"好吧，但是……吃草？"

"卓沃尔，在生活中除了牛排和肉还有很多东西。你的身体没有渴求过绿色食物和营养食品吗？"

他给了我一个傻笑。"没有。我的身体渴求过冰激凌。"

"冰激凌！怪不得你会这么矮。噢，你就继续吃吧，去做一条秃尾巴、营养不良、饿得只剩下一张皮的小狗。我才不在乎呢。我要吃我的蔬菜，然后我们看看谁会感到遗憾。"

"我没意见。"

我为什么要费力地帮助卓沃尔呢？我不知道。过去的经验已经证明了这是在浪费时间，但是出于某种原因……噢，还是算了。

我对他的教导算是浪费了，但是这并没有改变我自己对饮食结构的需求。一个很小的声音依然在我的身体内提醒我，经过了漫长而又单调的冬天，在我的食品里我需要绿色的食物。所以我丢下卓沃尔去想他的冰激凌，我继续去收获我能找到的每一棵青草的嫩芽。

如果从我的教导中他什么也不学，那么也许他会从我榜样的力量中学点儿什么。总之，这是最好的教育方法，通过榜样的力量。在冰激凌里验证布丁。

你知道，冰激凌听上去非常好，但我是个营养主义者，必须把冰激凌从我的大脑中驱除出去。三十分钟的认真放牧使我的精神状态和营养状态非常好，这时我已经收获了三百棵草的嫩芽，我比以前更加坚信……

噢，吃草并不像你想的那么令人激动。我的意思是，小草对狗有很大好处。当然了，我对小草也很渴望，但是你不能让渴望变得没有节制。适度，这里的秘密就是对任何东西都要适度。

总之，我吃了最后一口草，让它在嘴里翻来滚去。我开始感到好奇，兔子是怎么忍受吃这种垃圾的。我看了看，确定卓沃尔没有看着我，把草吐了出来。呸。

就在这时，我听见一辆开过来的汽车声。我抬头望去，看见斯利姆·常思，牧场的雇工，把车停在了饲料棚的前面。我知道现在是早上八点整。

你也许会感到奇怪，一条狗居然有如此离奇的时间感。我的意思是，我们没有手表或者钟表，我是怎么知道现在是八点整呢？

对不起，我不能泄露这个秘密。你看，世界上到处都是间谍和敌人的特工，所以我们不得不对治安部门的内部工作非常小心。那些家伙从来不睡觉，从来不休息。他们不分昼夜地密谋破坏，寻找机会窃取我们的秘密文件。如果他们知道了我们掌握时间的所有公式……

噢，没什么了不起的，也许给你看上一眼也没什么大碍。好吧，事情是这样的，首先，我们准确地测量太阳和月亮的位置，在天亮之前，还要测量海王星的位置。因为在天亮之前，太阳还没有出来，所以我们的计算公式里不把它算在内。我们把这些数字加在一起，除以蜘蛛的腿数（7.35），再乘

以三。

为什么会是三呢？噢，三是个吉利数，我们都喜欢三。而且，如果你行走在标有序号的小路上，三就是你可以在二和四之间见到的数。

如果你的数学学得不错，通过这个复杂的公式，你就可以算出一天的准确时间。万一我们在计算中出现了错误，我们还有一些其他的验证方法。例如，通过细致的观察，我们发现冬季在八点的时候，斯利姆·常思就会到达饲料棚。他右手的食指勾着一个咖啡杯，眼睛红肿，嘴里说着一种我们称之为含糊不清的语言。

在他含糊不清的语言中，"喂，伙计们"意思就是"早上好，小狗们"，"去"意思就是"别挡着我的路"。这就是他早晨语言的内容解密。总之，我们计算时间的系统运行得十分完美，现在你已经窥视到我们的秘密方法了。当斯利姆把小货车停在饲料棚的前面时，我们知道现在是上午八点整。这些信息对我们有什么用处呢？实际上没有多大的用处，但是我们至少知道天没有下雨，或者今天不是星期二。

斯利姆缓慢地爬出了小货车，他两眼通红，看着我说："去。"（参见上一段有关这句话的译文。）他喝了口咖啡，推开饲料棚的门。他往里盯着看了一会儿，然后嘟囔着："去，去，去！"

卓沃尔用疑惑的目光看着我。"他在说什么呢？"

"我也不敢肯定。他平常早晨不是这么爱说话的。我们从来也没有翻译过这么长的句子。"

"噢，他看上去有点儿不高兴。也许他看见了一只老鼠或者别的什么。"

我观察着斯利姆的脸。的确，他看上去不太高兴。"但是他为什么要跟老鼠生气呢？"

"我不知道。也许是老鼠吃了他的奶酪。"

我瞪了他一眼。"卓沃尔，斯利姆把奶酪放在冰箱里，而不是饲料棚里。饲料要放在饲料棚里，奶酪就要放在冰箱里，你明白这里的区别吗？"

"明白，那么腌菜呢？"

"腌菜？卓沃尔，腌菜跟其他的东西都没有关系。"

"噢，它们跟汉堡包有关系，我喜欢汉堡包。"

我把他推到一边。"到一边去，别跟我说腌菜。"

"噢，如果你是腌菜，如果没有人说起你，你会感觉怎样？"

我不理他。我有时间跟他讨论腌菜吗？没有。斯利姆看见饲料棚里有什么不正常的地方，又在嘟囔了："去，去，去！"现在我们的牧场出了问题，我必须找到问题所在。我走到我牛仔朋友的身边，向里面看去。

我怔住了，震惊了。你看，我和斯利姆正好发现了可怕的犯罪证据。

第二章

可怕的犯罪证据

一个装着五十磅火鸡玉米的纸袋子被撕碎了，玉米撒在饲料棚的地上。

什么是"火鸡玉米"呢？这个问题问得好。你看，斯利姆在饲料棚里存放了一袋玉米，每天早上他都要撒一些在地上给野火鸡。你知道，那些火鸡都是些厚颜无耻的乞丐。只要撒上一些玉米，他们就会用他们笨拙的长腿跑过来。几天之后，他们就等不到你撒了，听到小货车的声音他们就会跑过来。事实上，此时此刻他们就是这样做的。

我能听到他们的声音。二十五只火鸡乞丐涌向了小货车，已经开始了拥挤、推搡、尖叫、抱怨。

这就足以让卓沃尔惊慌失措了。他跑到我的身边。"汉克，噢，我的天哪，来了一群火鸡，我看……"

"嘘，安静。卓沃尔，我们这里有人来过。"

他盯着饲料棚里面，叹了口气。"噢，我的天哪，你看老鼠都干了些什么！"

"不是老鼠，伙计。比那要严重得多。如果我猜得没错，我们这里来了个专业盗贼。"

我指了指一些门边上的痕迹。你知道，痕迹能说明一切，那是些像小孩手掌印一样的痕迹。卓沃尔的眼睛快要瞪了出来。"噢，我的天哪，宝贝莫莉在偷玉米！"

我发出了一声叹息。"卓沃尔，拜托了。那是浣熊的痕迹，如果我没有猜错，这是一只浣熊留下的。"

就在这时，斯利姆开始用正常的语言说话了。"该死的浣熊！看这一片狼藉。如果我们不制止他们，他们将会撕破饲料棚里的每一个袋子。"他叹了口气，皱着眉头，看着饲料棚的旧木门。如果你还记得，就应该知道门的下面已经弯曲变形了，所以一只浣熊，甚至是一条狗都能爬进去。"这几天，应该有人修理一下门。"

是吗？我在等着他主动地承担这个工作，顺便说一下，这个门几年前就该修了。

"但是今天不行，今天我没有时间。"他提了提裤子，然后笑了。"但是我有时间给这小家伙下个套。嘿，我先修理修理他。"

我用怀疑的目光盯着他。我不想批评我的主人，但是在我看来这也太荒唐了点儿。门坏了，他却要修理浣熊？这样做符合逻辑吗？肯定不，但这却是斯利姆面对建筑或者修理工作时的典型做法。

不管门，却修理浣熊。噢，兄弟。

过了一会儿，斯利姆放弃了装饲料袋的计划，把小货车开到了器械棚。（他没有邀请我们狗上车，这样我们就不得不徒步护卫着小货车。）他把小货车停在靠近器械棚的西面，下了车，在没过他膝盖的枯草里跋涉。这里是斯利姆和鲁普尔堆放工作中剩余杂物的地方。里面有一堆旧木头、一堆电焊剩下的废料、一堆已经腐朽的雪松、一堆拖拉机的废零件和干草打包机。这就是一个临时的垃圾堆，不过这些东西已经在这儿几年了，早就失去了临时的意义。

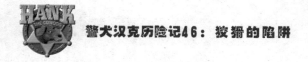

我不想再说他们是多么粗心和草率。反正他们永远也不会听狗的建议。

斯利姆在里面徘徊着，用脚踢掉上面的杂草，直到最后他指着一个像铁丝笼子的东西。"她在这儿呢。"他笑了，"这就是我的诱捕器，小狗们。我已经有很长时间没有用过这东西了。"

是的，我们相信他确实有很长时间没有用过那东西了。它的周围长满了杂草，你几乎看不见它。经过相当长的一阵抬、推、举和喘息，他终于把它从杂草中弄了出来，我和卓沃尔才有机会近距离地看看这个所谓的诱捕器。

总的来说，它是用电焊条做的，上面有一层带网眼的铁丝，大概有四英尺长，两英尺宽，三英尺高。这个东西跟一般笼子有点儿不同，它的一头有一个活门，如果有什么人或什么东西爬进去踩到了里面的机关，活门就会啪的一声关上。

听起来有点儿复杂，是吗？其实一点儿也不复杂。要是复杂的话，斯利姆就不会做它了。很抱歉，我不应该这样说话，但这却是事实。

斯利姆把笼子拖到小货车的后面，想把它装到后厢里。他这时的心情很好，甚至还邀请我们狗在回饲料棚的路上坐在驾驶室里。

我坐在小货车的右边我通常坐的副驾驶座上。你可能知道我们狗喜欢把头伸到车窗的外面。这样我们不仅可以更清楚地看着前面的路，而且新鲜的空气让我们感觉很爽。我们喜欢让新鲜的气流吹过我们的舌头，把我们的耳朵吹到脑袋后面。

不幸的是窗子被摇上了（那天早晨有点儿霜），我立刻注意到……噢，一种不新鲜的气味。斯利姆的小货车里有一种与众不同的气味。你不知道吧，斯利姆的小货车里从来没有过令人喜欢的气味。但是现在甚至比平时更糟。里面充满了发霉的烟草味、不新鲜的咖啡味、臭袜子味和牛仔的汗臭味。

还有卓沃尔，他就坐在我的旁边。"卓沃尔，你上次洗澡是什么时候？"

"噢，让我想想。我不记得了。你知道我讨厌水。"

"是的，我很清楚。你看，我并不是想批评你，但是这小货车里的气味确实是太难闻了。让我感觉不舒服。"

"也许是你吃了草的缘故。"

我用目光炙烤着他。"你太可笑了，别转移话题。经常洗个澡，否则你会连个朋友都没有的。"我把目光转向……伙计，我真的希望窗子是开着的。我需要新鲜的空气。斯利姆不停地让小货车压到路上的每一个土包。从器械棚到饲料棚短短的路上你能发现多少个土包呢？一万个，他压到了每一个土包的正中间。

当我们弹跳着下了房子前面的山坡时，我注意到我的头开始垂了下来，我的眼睛好像，也可以说是，有点儿迟钝。气味变得让人难以忍受，我几乎无法呼吸。驾驶室里的气味太难闻了，就像是一堆燃烧着的轮胎所冒出的浓烟。

我瞥了一眼斯利姆。他在笑着，小货车以每小时三英里的速度像是在闲逛，他正沉思着接下来的一次重大的历险，用他廉价的诱捕器活捉一只浣熊。我们能快点儿吗？我的意思是，他让我们狗跟他一起坐在小货车里是不错，但是我想大声抱怨……

热浪开始涌上我的脸。我要窒息了！我的舌头像漏水的龙头在滴口水。我的胃里……有什么东西在往下移动，这可不是什么好消息。即将发生非常糟糕的事情，就在我……的深处。

我盯着前方的路，想集中精力想些愉快的事情：阳光、春天的花朵、青

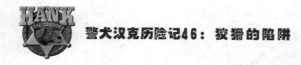

草……糟糕，这可绝对是个错误的话题，因为……

听着，我们需要谈论一下青草。还记得我给卓沃尔讲的在狗的饮食中沙拉的重要性，还有草是如何有利于消化的吗？这些话在那个时候听起来没错，我是以最真诚的态度说这些话的，是真的，但是我现在开始怀疑……让我怎么说呢？好吧，让我们换个说法。在生活这场大游戏中，我们有经过多年实践验证的事实，还有些事实是……理论上的。这些理论性的事实听上去很好，有时候它们甚至听起来棒极了，但是它们还没有通过严格的检验。

你看，我们知道这样一个事实，狗有时候不理智地渴望吃草。但是我们不知道的是，我们一直也无法知道的是……噢，如果一条狗只吃了一些嫩芽会怎么样，但是如果他吃了一把、一加仑、一蒲耳、半吨又会怎样。

我们没有试验数据证明一条狗吞下两吨青草会发生什么，但是我们的内部仪器开始表明……

我使劲压制着自己，盯着前方的路。我喘着粗气，舌头继续滴着口水。驾驶室里的空气开始变得闷热、恶臭。我真的需要，啊，到外面去走一会儿，但是斯利姆还是以闲逛的速度往前开，慢得就像……

啊噢。我感到……在我内脏的深处有东西在蠕动，就像是一只神秘的手进入到了我的身体里面，紧紧地抓住了我的胃，开始……

突然我的头开始上下晃动，我听到……一个神秘的声音好像是来自……噢，来自我自己的身体和灵魂。哼。哼。这可不是什么好动静，也不是一条狗想在封闭的小货车驾驶室里发出的声音，小货车里闻着像……

突然我明白了我的生命被一个看不见的力量控制了。你看，我的头在不停地上下晃动……我控制不住。这不是我自己的意愿。某种邪恶的力量爬进了我的身体里，接管了重要的管道功能，而且……

小货车突然停下了，我的鼻子撞到了仪表盘上。我转过满含泪水的眼睛看着斯利姆，我看见……噢，他化成了一团肥熏肉。是真的，他的脸在晃动着，模糊不清……哼，哼……咦，我的头又开始上下晃动了……

"汉克，如果你吐在我的小货车里……！"

然后，一切都变得模糊了。

第三章

狗永远不
应该吃
沙拉

我们说到哪儿了？噢，对了，把斯利姆的诱捕器拖到了饲料棚。在这里没有出任何问题，任务圆满地完成了。我们把诱捕器拖到了饲料棚，斯利姆回到小货车的门前，我们开始……

等等，我们漏掉了一些细节。说实话，我不愿意提这些事，但是我想我们必须说。你已经知道了，是吗？

那可不是什么愉快的经历，但是也许我们能从坏事中吸取些生活的教训。

让我们把事情的经过再回顾一遍。还记得引起我的头上下晃动的神秘痉挛吗？我们以为是我的胃被邪恶的小鬼掌控了，是吗？噢，说出来会让你大吃一惊，实际上这些力量来自我自己的身体。我变成了一条病狗。

是什么引起了这神秘的疾病呢？噢，乘坐在封闭的小货车里就是个主要的原因，而且还在不平的路上没完没了地颠簸。别忘了这是流感的季节。我的意思是，我们听到报告说全得克萨斯的狗就像苍蝇一样跌倒在地上。是真的。

好吧，是因为青草。如果你还记得，我们曾得到一些假信息，说青草对狗的消化有好处。呸，完全是胡说八道。我不知道是谁散布了这奇特的信息，或者谁会愚蠢地相信……

等等。这个信息来自卓沃尔，是吗？我几乎可以肯定是这样的。让我再重新想想，试着准确地回忆一下我们的谈话。根据我的回忆，卓沃尔曾试图劝说我，吃草是狗应该做的事。他是怎么说的来着？对了，沙拉。他说青草实际上就是沙拉的一种形式，狗需要沙拉作为他饮食的一部分，等等。

根据我的回忆，我当时就笑了，并嘲弄了这个主意。我的意思是，简直是开玩笑，让一条狗吃草！哈！但是从另一方面来说，我又不愿意伤害这个小东西的自尊。你知道，他是想帮忙，我肯定不想，啊，也可以说是，打击他的好意。

所以我还能怎么做呢，告诉我的朋友他说的是一个荒谬的主意？当着他的面嘲笑他？很多狗都会这样做的，但是我，噢，从我内心里非常在意别人的感受。是真的。

所以，也可说是我采取了更为直接的办法……噢，你知道下面发生了什么。我吃了一把草。我们可以这样说，兔子吃草，牛、马、羊和其他动物吃草，是因为他们愚蠢得不知道哪些才是该吃的食物。这里的底线是狗永远不该吃沙拉或者草。

但是无论如何，我还是吃了——都是为了卓沃尔。朋友值得我付出这样的代价吗？我不知道，但是斯利姆肯定是生气了。我的意思是，在平常的早晨，你不会用手疾眼快来形容他，但是伙计们，当他看见我的头在上下晃动，听见从我的内脏深处发出的恐怖声音，他反应非常迅速。

在几秒钟之内，他踩住了刹车，推开车门，把我抛出了驾驶室。然后他说……有点儿伤害我的感情……他说："汉克，你比一袋子甘蓝还没有品位！"

品位跟这有关系吗？嘿，他想让我怎么做，坐在那儿像一个听话的狗宝宝，让沙拉毒死我？哈。他想都别想。

噢，他还说了一句更可恨的话，我简直无法相信。他说，这是直接引用他的话，他说："汉克，拜托你了。当你呕吐的时候，就别再吃了。这个家伙。"

噢，我还从来没有受过这样的侮辱！他还以为我是……我把头抬到一个很高傲的角度，用正义的目光瞪了他一眼……哼，哼……突然地球的吸引力把我的鼻子吸向了地面。我的头上下点了三次，一种看不见的力量就像一个强力泵在我胃的深处搅动。然后……

总之，我们可以说是，有毒的物质又重新回到了大地的怀抱，突然我觉得沉重的负担从我的肩膀上除去了，应该说从我的胃里。重要的是我觉得百分之百地好了，我把正义的目光转向斯利姆，他已经开车跑了。

"和你说一句，伙计，我再也不会吃草了，甚至连想都不会想！你以为我是什么，笨蛋吗？"

瞧！他没有听见我的话，但是没关系。我只不过是需要表达一下我愤怒的情绪，我已经表达过了。

这时，我向下看着地面，我看见……嗯。绿色欧芹的嫩芽漂浮在法国调味酱上。嗯。你知道，有些专家说欧芹实际上对狗有好处，突然……还是别说了。

关键的问题是我做出了高尚的牺牲，使小卓沃尔避免了尴尬和受辱。是的，我为我的高尚行为付出了代价。斯利姆把我扔出了小货车，在我生病的时候嘲笑了我，但是在治安工作中，我们学到了美丽本身就是一种奖赏。

应该是美德。美德本身就是一种奖赏，有时候这是我们唯一能得到的。

我们说到哪儿了，在这个危机发生之前？噢，对了，诱捕器。我没有帮助斯利姆把诱捕器安装在饲料棚里。在他侮辱了我，伤害了我的感情之后我没有帮他。任何人在一条忠诚、工作勤奋的狗落难时侮辱他，都不值得帮助。

　　他就应该被不理睬，被轻视，我就是这样做的。在这天接下来的时间里，我离他远远的，我甚至没有帮着他去喂牛。每当他走近我的时候，我都把后背朝向他，转动着眼珠儿看着天空，摆出一个我们称之为"殉难者和圣徒"的姿势。

　　摆出殉难者和圣徒姿势的目的是提醒冒犯的一方（斯利姆）想起，在很久以前，所有的圣徒和忠诚的狗的高尚行为和牺牲精神给后人留下了光辉的榜样。

　　这对斯利姆来说有用吗？我们永远也不会知道。他是个榆木脑袋，非常固执，不是很聪明，我相信深层的意思他是理解不了的。但是他已经知道我生气了，这不需要什么天赋就能看出来。

　　在太阳落山的时候，摆了一天的殉难者和圣徒的姿势弄得我筋疲力尽，我回到了位于十二楼的治安部宽敞的综合办公室里。好吧，我的办公室就在油罐的下面，但是谁会记住呢，如果你告诉人家你的办公室在五百加仑油罐的底下？没有人会记住。

　　我迅速进了办公室，检查一下堆在我桌子上的信件，注意到卓沃尔已经回来了，正在呆呆地看着我。

　　我对他僵硬地点了点头。"噢，是你呀。"

　　"谢谢，是我。你今天过得怎样？"

　　"我这一天……"我的目光先向周围看了看，然后像锤子一样落在他的身上。"卓沃尔，我决定准备原谅你了。"

　　"噢，好呀。谢谢。"经过一阵沉默。"我干什么了？"

　　"你站在一边，看着我吃了大量的有毒物质。"

　　"是的，但是……"

"使我中毒了，差点儿死了。"

"是的，但是……"

"卓沃尔，我认为我们是同志，是朋友，是人生旅途中的搭档。"

"是的，但是你说过……"

"我知道我说过什么，但是你就站在那儿让我说。"

他的头开始垂了下来。"好吧……"

"卓沃尔，狗永远不能吃草，或者沙拉，或者兔子吃的任何东西。你是知道的，是吗？"

"是的，我是想提醒你来着，但是你从来都不听。"

我低头看着他，摇了摇头。"你看出来了吗？你在转换话锋，指责我。"

"但是，你吃草了！"

"你又来了。你在指责我是因为吃了那些草才生病的？这就是你想告诉本法庭的吗？"

"是的，这是事实。"

我走开了几步，陷入了沉思中。"卓沃尔，事实有很多面。我们目前的任务就是要找到那个正确的一面，也就是要你对我的行为负起责任来。"

"你是说……"

我转过身来，面对着他。"是的！承认你所犯的错误，为我的行为道歉，我们还可以继续我们的生活。"

他抽动着鼻子，擦掉眼睛上的一滴泪珠儿。"好吧，行。我对不起，你犯了如此愚蠢的错误。"

"你是真心的吗？"他点了点头。我跑到他的身边，伸出了友谊的爪子。"太好了。现在，让我们为此握握手。卓沃尔，你做了一条真正的狗应该做的。"

"噢，我一直在努力做一条真正的狗。"

"你成功了。我为你感到自豪，伙计。你现在不是感觉好一些了吗？"

他做出了一个微笑。"是的，但是你知道，从一开始我就没有感觉不好。吐的那个人是你。"

"嗯，说得好。但是你现在感觉好一些了？"

"噢，是的，我认为当时真是太好笑了。"

我盯着他。"什么？"

"我什么也没说。"

"你说了。你是不是说太好笑了？"

"没有，我说……我说，我非常喜欢这条粗麻袋。"

"噢，对，这条麻袋真不错，是吗？"

"多好的麻袋呀！"

剧情转入了动人的场景。我的意思是，我们度过了危机时刻，并当面对质了卓沃尔的问题。我把爪子放在他的肩膀上，抬头看着逐渐黑下来的天空。"你知道，伙计，在这个疯狂的行业中，我们所拥有的只能是我们自己。"

"噢，我们还有跳蚤。"

"我知道，但是在深层次上，只有你和我来对抗邪恶的力量。只有一件事能保证我们继续下去，那就是……我们大脑的智商。"卓沃尔开始咳嗽。"你被什么东西卡住了？"

"是的，咽不下去。"

"咽东西时要小心，伙计。别忘了，一开始你是如何给我们带来这些麻烦的。"

说完，我们关上灯，关闭了我们所有的通讯系统，准备睡觉，这是在我们努力的工作后应得的。

第四章

我们的诱捕
器抓住了某
个东西

一定是在半夜的什么时候，我被惊醒了。我坐了起来。"卓沃尔，我也不愿意打扰你，但是我刚才想起了一件事情。"

在黑暗中，我听到了他的声音。"想买个大西瓜。"

"你醒了吗？"

"一个衣衫褴褛的人。"

"斯利姆在饲料棚里装了个诱捕器，还记得吗？"

"记着看一眼马的羽毛。"

"卓沃尔，我们其中的一个需要去查看一下诱捕器。我想知道你是否愿意做这个志愿者。"我竖起耳朵，等着他的回答。我听到的是嘟囔声和喘息声。"卓沃尔，这可是个非常好的职务升迁的机会。这对你的履历有好处。好好想想，黑夜里独自一个人去查看诱捕器。你觉得怎样？"

"猪排，鹰嘴兽叫着，婴儿车嗡嗡响。"

我叹了口气，坐了起来，看着他扭曲的畜体。"你看，我不想为这事跟你争论一个晚上。你到底是想去，还是不想去？"

"雁叫声、喘息声缓缓地吹过。"

"好吧，我自己去。再告诉我一遍它的机关在哪儿，我可不想被糊里糊涂地关进去。"

"嘶鸣的肥皂泡沫。"

"我又想了一下，还是算了吧。"

我转过身，走出了办公室。在我向饲料棚跋涉的时候，发现自己正在琢磨刚才我跟助手的谈话。有人说睡眠中的大脑有时能反映出人们平时掩盖起来的深层思想。卓沃尔的梦话是否有可能想表达他平时隐藏的信息呢？我在记忆里进行探索，想找到有关他嘟囔的内容记录：

1. 一个衣衫褴褛的人。

2. 看一眼马的羽毛。

3. 鹰嘴兽叫着，婴儿车嗡嗡响。

4. 雁叫声、喘息声缓缓地吹过。

5. 嘶鸣的肥皂泡沫。

是否有一根线能把这些听起来毫无关联的胡言乱语串起来？这些话虽然第一眼看不出什么意思，但是我越想越觉得有深层的含意在里面。例如，你注意到了没有，他不断地重复某些声音：嗡嗡声、雁叫声、嘶鸣声等等。这就意味着什么，你说对吗？

再看看他广泛的话题，他在几秒钟内所涉及的：西瓜、衣衫褴褛、马的羽毛、鹰嘴兽、婴儿车嗡嗡响、肥皂泡沫。真是不可思议。我的意思是，在他醒着的时候，卓沃尔从来不谈论这些话题，所以这些线索说明了，他有一个从来没有跟其他人分享过的秘密生活。

我试着想象一下卓沃尔为自己创造的梦幻世界。在那里，马长着羽毛，人们穿得衣衫褴褛，婴儿车嗡嗡响，鹰嘴兽吃着肥皂泡。现在，如果我能找

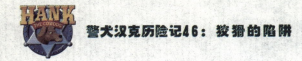
到一根有魔法的线就能把它们串起来……

这时，我已经到了饲料棚，我也终于想明白了。卓沃尔就是个神经病，他在梦里嘟囔的话甚至比他在清醒时说的话更古怪。我不能再浪费时间去破解他的胡言乱语了。

对不起，让你也跟着为他的胡言乱语费心，但是我依然希望有那么一天我们能在卓沃尔的大脑里发现智商的迹象。但是现在还看不出来。

但是没关系。我已经给自己安排了一个重要的任务，不管卓沃尔在梦里嘟囔什么，都无法阻止我的任务。站在饲料棚的门前，我快速地回顾了一下我来这儿的目的。

我要从弯曲变形的门下边进到这个建筑物里，查看诱捕器的情况。如果我们抓住了偷东西的浣熊，我就得设置一个岗哨，在夜晚接下来的时间里坚守在那里，只是为了保证这个小偷不能逃走，或者撕毁什么东西。如果笼子里是空的，我就返回基地。

非常清楚地概括了我来的目的。也许你认为这个计划和回顾程序是没有必要的，我得承认很多普通的狗不会费力去回顾这些行动方案。但是我们治安部做事跟他们不一样。你看，百分之九十的行动失败都是由愚蠢的小错误引起的：没有充分的计划，精力不集中……

另一个是什么来着？我不记得了，但肯定是个极好的理由。噢，对了，一次任务的失败有两个理由就已经足够了。其实一个愚蠢的错误就能毁掉一次任务。

我们说到哪儿了？噢，对了，精力不集中。牧场治安长官和一条普通的杂种狗经营牧场时的主要区别是……这一条我也不记得了，还是让我们跳过这一段，接着说任务吧。

好吧，我已经做好了准备。我舒展了一下我健壮的翅膀……我们应该说是臂膀，做了个深呼吸。当我进到里面的时候，我需要空气。空气非常重要，百分之九十的任务失败都是由于缺氧引起的。

我蹲下来，一寸一寸地向棚门弯曲的地方挪去，我把鼻子和头伸到了里面。我打开红外线影像观察着。我看见了饲料袋、十五捆干草和斯利姆的诱捕器。

按下夜间观察按钮，我开始仔细地观察那个笼子，从前看到后。一开始，笼子好像是空的，但是认真观察后发现……噢，还是空的。咦。或许是闯入者没有出现，要不就是笼子没有发挥作用。我没有别的选择，只能走近些查看清楚。

我爬到饲料棚里面，直接走到了笼子的跟前。笼子还是空的，这就证实了我第一次的观察。接下来的问题是，为什么呢？我又看了一遍笼子，研究着它的机械构造和机关装置。

很显然是斯利姆没有设置好笼子的机关。我的意思是，这是一个很简单的装置，任何一条狗都不会弄错，但是斯利姆非要自己弄，旁边又没有一条狗帮他指点一下。所以你还能指望怎样？典型的牛仔干的活，匆匆忙忙，半途而废。我必须进到笼子的里面，进行彻底的检查。我的报告将引起震惊，这样的结果会很糟，也没有太大的作用。但是工作不力的行为必须得到暴露。

应该是揭露。工作不力的行为必须得到揭露。

我爬进笼子，开始口述。"三月，十二日，凌晨两点四十七分。我们看到的是一个粗糙的诱捕器，是牛仔自己焊的。笼子里有一个钢筋做成的联动装置，联动装置从笼门的前面和笼子里面的触发机关连在一起。

"你可以注意到触发机关是用汽车的旧牌照做成的。这就很清楚了，任务的失败是因为触发机关没有发生作用。为了证实这一点，我们现在将一只爪子放到触发机关上……"

啪！

啊？

好吧，还记得我口述的报告吗？我们已经决定作废了。里面有一些……错误的数据。你看，我们的行动是在假设笼子的机关人为地没有设置好的基础上，但是在试验了触发系统后，我们……啊……发现，也可以说是，不是这么回事。

我们……我们被自己的笼子关在里面了。哈哈。没问题。总之，整个系统看上去还挺好用，全部任务的目的就是试验笼子的触发系统，是吧？没什么大不了的，每个人都会发生这样的事情。

但是到了八点就变成大问题了。我知道将会发生什么，所以我待在里面花了大半夜的时间编排我的故事：

"斯利姆，我知道你是怎么想的：'汉克冒冒失失地进了笼子，触动了机关。'我说得对吗？但是我要告诉你，事情并没有那么简单。你看，在你昨天设置笼子的时候，我没有和你在一起，噢，我感到有些担心……实际上是非常担心，也许笼子没有设置好。

"你看，我是那种爱操心的狗，所以我……我就睡不着觉。斯利姆，是真的，我的意思是，你所说的那种真正关心主人的狗，就是我！总之，你知道，我觉得检查所有的系统是我的责任。嘿，你知道吗？我，啊，把自己给关在里面了。哈哈。"

八点钟，棚门打开了，斯利姆走了进来。他的脸上没有一丝笑容，我认出了他平常早晨的几个特点：食指上钩着一个咖啡杯子，潮湿的红眼圈，右脸上枕头弄出来的痕迹，一张严肃的嘴巴。

他盯着我，我盯着他。我试着挤出一丝微笑，尾巴开始缓慢地拍打着。啪，啪，啪。他嘴里嘟囔着："汉克，你到底在我捕浣熊的笼子里干什么？"

噢，我……有点儿不好解释。不，他站在那儿，用恐怖喷血的眼睛瞪着我，我没法解释。怪不得他到现在还是个单身汉，任何女人在早晨看见这张脸都会叫警察的。

但是……等等。他喝了口咖啡，笑了。然后他笑出声来。他脸上的霜和冰在温暖和友善中融化了，我开始感觉到形势有所好转。

"汉克，你真是个笨蛋，如果有人把你给掐死了，我的生活将会失去多少乐趣。好吧，让我先把你从里面弄出来。"

噢，多么幸福的一天呀！他不准备掐死我，或者是让我在笼子里面待上几个星期，又几个星期！他打开笼门，把我放了出来。噢，自由万岁！友谊万岁！为了表现出我极大的爱和忠诚，我扑到了他的身上，他被扑倒在干草捆上，向后翻着倒了下去。

这不关我的事。我用普通的狗所不知道的活力舔着他的脸，我们又是朋友了，这才是最重要的。他理解我只不过是想尽我的责任，我理解他叫我"笨蛋"只不过是说漏了嘴。旧伤口也愈合了，整个世界又变得美好了。耶！

"别动。"他把我推开，站了起来。"汉克，有一件事情我想说一下。你看见那边的笼子了吗？那是给浣熊的。"

是的，我明白。

"我想让你以狗的名誉向我保证，你再也不会碰我的笼子了。"

噢，是的，长官！我保证，以我的名誉保证。困在该死的笼子里的五个小时使我在各个方面都成为了一条更成熟的狗，一条更聪明的狗。在里面我已经用足够的时间审视了我的生活，考虑了我急需考虑的问题，为将来制定了计划，确立了目标，我对他郑重发誓，我再也不会碰那个矮小的东西。永远不碰。

你也看见了，我的一世清白从此被毁了。

第五章

夜里的说话声

我站在旁边，看着斯利姆重新设置好了诱捕器。他拉开了笼门，用一块木头别住了触发装置。这给我的印象很深刻。他每一件事都做对了，即使是我也不会做得更好。然后他走出去到了他的小货车那里，回来的时候，拿着……那是什么？

他冲我笑了笑，举起了一个罐头盒。"这附近的浣熊看来喜欢玉米，所以今天晚上的特别节目将是罐装玉米。这次会有用的，小狗。"

他对我眨了眨眼睛，从上衣的口袋里拿出来一个开罐器，转动着曲柄把上面的盖子去掉。然后他跪下来，把罐头里面的玉米倒在触发装置的盘子上。咦，这倒是个非常狡猾的主意。与其让小偷撕破饲料袋，还不如用诱饵把他诱进我们的笼子。

哈哈。我和老斯利姆组成了一个非常棒的团队，你不这样认为吗？的确是这样。在我们的牧场，行窃的浣熊的确没有多少机会。

我们讨论过浣熊吗？也许讨论过了，因为我们已经说过几个有关埃迪的故事。还记得埃迪吗？在他还是个小骗子的时候，我和斯利姆从流浪狗的嘴里救了他。斯利姆一直把他当宠物养着，后来他变得让人感到非常讨厌，每个人都想看着他离去。

你也可以说是我帮着饲养了埃迪。在某些方面，他还算是个不错的小家伙，但他还是个骗子。你看，埃迪给我上的有价值的一课，就是永远也不能相信埃迪。在他那张可爱的浣熊脸和令人喜欢的个性后面，隐藏着一个反派艺术家的大脑。他能凭着一张嘴从牢房和束缚中出来，我必须承认即使是我也曾有几次成了他的牺牲品。有那么一两次吧。

有一次就足够了。你还记得他的诡计吗？你看，那可是埃迪著名的"招数"。晚上，斯利姆把他关在了一个兔笼子里，但是埃迪想出来。埃迪总是想着出来。总之，他……说起来让人很尴尬……这个小骗子告诉我，那个笼子实际上是一部电梯，如果我打开门爬进去，我就会……噢，乘电梯上到三楼。

下面的我不想说了。现在说起来还觉得太痛苦，太尴尬。我本来觉得这个伤口已经愈合了，但是还没有。

好吧，我还是告诉你吧，但是你要保证不笑话我，也不告诉别人。你保证？那我就告诉你这个独家新闻。

我骨子里是一个愿意相信别人的人。我打开了门，爬了进去，这时埃迪却像一阵烟一样地消失了。到第二天早上，你猜是谁被关在了兔笼子里？是我。在接下来的几天里，我不得不忍受着牧场那些小心眼们的嘲笑和奚落，就是斯利姆和鲁普尔。噢，他们认为简直是太好玩了！汉克在兔笼子里过了一夜。

其实一点儿也不好玩。这是我整个职业生涯中最耻辱的经历之一，在我的记忆中留下了深深的烙印。现在你已经知道了埃迪的故事，他就是一个能给狗带来麻烦的快乐小家伙。埃迪就是一个坏消息的象征，啥也不说了。

他就是那只祸害饲料棚的家伙吗？我们发现了浣熊的痕迹，但是还没有证据把他与这次犯罪联系在一起。也许我们要抓捕的就是埃迪，或者是他的朋友——这跟我没什么关系。正义应该得到伸张。小偷将被拖出牧场总部，抛到别的地方去。如果埃迪就是那个罪犯，我们也会抓住他，他也将为此付出代价。

你看，等抓住了这个小骗子，破了这个案子，牧场治安长官也就没有朋友了。

总之，这就是关于埃迪的资料……噢，只是部分资料。还有很多，但是我无权公开议论。他其余的资料还属于机密，要等到二十五年以后，或者三十年以后才能解密。

我们说到哪儿了？你看，只要一说起埃迪我就有些激动，这个小东西。噢，对了，我们重新设置了诱捕器，又放了诱饵。斯利姆往小货车的后厢里装了二十袋饲料，我们继续我们的日常工作，去喂七个草场上所有的牛。一切都进行得非常顺利，我们在下午的晚些时候才回到牧场总部。

你注意到了吗，我没有提到卓沃尔？原因是他未经允许就随便旷工，整天都扎根于他的麻袋床上。是真的。我的意思是，什么样的狗能睡一晚上，然后又睡一整天？

卓沃尔，他就行。但是别以为他这样做就没事了。我把他的所作所为写进了报告，由于他的懒惰和不光彩行为，我给了他七个胆小鬼的标志。噢，他抽泣着哭了，我没理他，是他自己要这样做的。

你知道他后来干了什么吗？他又回去睡觉了！噢，还是不说他了。

总之，夜幕降临了。每天在太阳下山之后都会这样，你明白吗？我们觉得这里面应该有某种联系：只要太阳一下山，夜幕就会降临。我由于心情烦躁睡不着。我的意思是，我还在惦记着那个诱捕器。我在办公室里来回踱步，试着想些别的事情，但是我的耳朵一直紧张地听着饲料棚里的动静。

这确实是个错误的做法，我也知道。当我们集中精力地监视什么东西，或者是设下了一个陷阱时，最好的办法是忘了它，别管它，顺其自然。还记得那句很有哲理的老话吗？"你一直盯着壶，里面的水永远也不会开。"这是真的，非常正确。你一直盯着壶，里面的水永远也不会开。

这句话到底是什么意思？我不知道。我猜是你往壶里加满了水，然后看着它……我不明白你为什么要看着它。问题是没有火，它永远也不会开。

从另一方面来说，如果你把壶放在炉子上，再打着火，它很快就会开了。这样富有哲理的老话就充满了智慧。

一条狗知道这么多富有哲理的老话是一件很感人的事情，是吗？反正我同意，谢谢你也注意到了。是的，这些富有哲理的老话帮助我破过很多案子。不幸的是这些老话在这个特殊的晚上并没能帮上我多大的忙，我在踱步，焦虑，等待着听到饲料棚里诱捕器的动静。几个小时缓慢地过去了，然后，肯定是在凌晨三点钟左右，我听见从饲料棚府金传来沙沙声……我们应该说是附近。沙沙声，接着是说话声。

也许我应该置身事外，顺其自然，但是……噢，你是了解我的。我不是那种擅长等待的狗。还是让我采取行动吧！所以一点儿也不奇怪，我立刻进入了悄悄的蹲伏模式，开始蹑手蹑脚地向饲料棚走去。

让我感到困惑的是我听到了说话的声音。你看，这就不仅仅是一个犯罪嫌疑人了。因为……因为……说话应该至少是两个人，一个嫌疑人不可能说话。我猜也许你会认为是一个人在表演节目，但是这不太可能。

所以这就给了我一个非常重要的线索。我们这里有多名犯罪嫌疑人。如果真的是埃迪在里面，他肯定是带了他的一些伙伴。

这就……啊……引起了我的一些担心。我的意思是，埃迪有两个堂兄

弟，哈利和库库，两个身材高大的家伙，他们认为自己非常凶猛，不好的消息是他们确实很凶猛。我跟他们混战过几次，结果是……噢，反正对我来说，不是什么幸福的经历。

也许我应该放弃这个案子，回到床上去，但是我已经走进了漆黑的夜晚。离饲料棚还有五十英尺的时候，我停了下来，听着。我现在可以清楚地听到那边的说话声。

"孩子，安静。我知道自己在做什么。"

"是……是的，但是，爸……爸爸……"

"别这么大声说话！这附近有狗，我们可不想惊动他们。我们最不需要的就是一群吵闹的狗了，所以要小声点儿。"

"是……是的，但……但是，爸……爸爸，我认为你不该进那个棚子。"

"为什么？孩子，我们已经在路上和沟里找了两个星期，我们找到什么了？"

"噢，一只小……小老鼠。"

"你说得对。两个星期的辛苦工作就只找到了一只可怜的小老鼠。儿子，两只秃鹰不能像这样活着。我们需要食物，非常需要。"

"是……是的，但……但是，棚子里很黑，还有点儿怪怪的。"

"怪怪的？我让你看看什么是怪怪的！看这儿，我的肋骨往外杵着就像，我也不知道像什么。儿子，你可怜的老爸在日渐消瘦，我要进到棚子里去找点儿吃的。"

"好……好吧，行，但……但是要小心鬼。"

"鬼？年轻人，我就是鬼！我就是我过去的鬼影。我过去是一只健康的、营养良好的美国秃鹰。现在，你站在树上看着点儿，我进里面去。"

"好吧，爸……爸爸。有……有什么你叫我。"

你听见这段对话了吗？你可能会以为这是一群杀人不眨眼的浣熊，是吗？噢，我接下来说的，会让你大吃一惊。这是秃鹰华莱士和小华莱士的声音！

第六章

我们的诱捕器抓住了别的东西

好吧，这个案子发生了有趣的变化。谁能想到饲料棚里的破坏者原来是两只被饿得半死的秃鹰呢？反正我没有想到，所以我感到非常震惊。

我的意思是，我们昨天早上在饲料棚的附近发现了浣熊的痕迹，人们会认为浣熊的痕迹肯定就是浣熊留下的，是吧？让人非常困惑，我花了一分钟的时间才想明白。

特制的鞋。华莱士和小华莱士肯定是穿上了一种特制的鞋，能留下浣熊的足迹。太聪明了。我从来没有想到华莱士和小华莱士是如此阴险，能想出这么古怪的主意来，但是事实就摆在我的面前。当你发现了浣熊的足迹又没有找到浣熊的时候，这里面肯定有一些可疑的东西。

我藏在了一个离饲料棚大约有二十英尺的暗处。我听见翅膀的沙沙声，过了一会儿，华莱士坠落在饲料棚前面的地上。他站了起来，看着附近的一棵树说："嘘！"

一个声音在黑暗里说："别……别嘘我。我没有发……发过声音。"

"噢，总之，要安静。"

华莱士转过头，向四周看了看。然后他开始蹑手蹑脚地向饲料棚的门走去。他停下来，又向周围瞥了一眼，把头伸了进去。他站在那儿，弯着腰，尾巴上的羽毛指向月亮。我真想冲上去一口把他的尾巴咬下来（这样是否会引起一场混乱呢？），但是我对自己加强了纪律约束，使自己继续待在那儿。

在我们把这个案子移送特别犯罪部门之前，还需要收集更多的证据。只要我们给华莱士足够的犯罪时间，他最终就会把自己送上绞架的。

我又一次听到了小华莱士的声音。"爸……爸爸？你……你看见什么了？"

华莱士的头露了出来。"孩子，你觉得玉米怎么样？"

"玉……玉米？你……你说的是玉米片吗？"

"不是，先生，我说的不是玉米片。我说的是玉米。"

"一袋……袋子玉米？"

华莱士把头又伸进去，再拿出来。"在一个罐子里，一个金属罐子。我说的是罐装玉米。"

"噢，糟糕。罐子是打开的吗？"

华莱士皱着眉头。"小华莱士，我们要么站在这儿问上二十个问题，要么吃罐装的玉米，但是我们不能同时做这两件事情。这个菜单不是我订的。"

"好……好吧，我不……不太喜欢玉米，爸……爸爸。"

"我喜欢，反正我也不喜欢和别人分享。你就待在那儿，梦你的美味排骨吧，我要吃一些玉米了。"华莱士转过身，开始爬进棚子里。但是他又退了回来，看着树上。"但是别抱怨说你有两个星期没吃东西了。我可忍受不了爱发牢骚的秃鹰。"

"啊，好的，爸……爸爸。"

华莱士摆动着身子，挤进了门，消失在里面。好！这个案子进展得很顺利。两分钟后，我们的诱捕器里就会有一只活秃鹰。我将会守在那里，等到早晨的八点钟，斯利姆就会来了，我会把囚犯移交给他。他难道不应该感到自豪吗！

他还会感到奇怪。没有一个人能想到在抓浣熊的笼子里抓到一只秃鹰。

我从暗处溜出来，向门口走去。我没有计划着跟小华莱士说话，但是他先说了。

"噢，嗨，狗……狗，我爸……爸爸刚刚进去。"

"我知道，我全看见了。小华莱士，我一直认为你是个非常正派的人，但是恐怕你老爸的信誉要毁了。"

"噢，该死。为……为什么？"

"偷玉米，破坏饲料棚，你自己说说看。我们要对他处以重罚。"

我能看见小华莱士栖息在一棵朴树最靠近饲料棚的粗枝上。他垂着的头痛苦地摆动了一下。"可……可怜的老爸！你……你不要伤害他，行……行吗？"

"这要看他自己了。这里面没有什么个人感情问题，小华莱士。我只是在尽我的职责。对不起了。"

我急忙来到饲料棚的门前，不想再看见或听见小华莱士的悲痛。我的意思是，认为治安部门的狗没有感情是不对的。我们也有感情，有时候甚至会妨碍我们的工作。小华莱士是一个可爱的家伙，但是他的老爸现在变成了罪犯，小华莱士不得不看着他对社会偿还债务。

我把这些想法赶出大脑，扭动着身子爬进了门。在里面，我让眼睛适应了一下黑暗，突然我明白了我没有听到笼门关上的声音。换句话说，这个线索告诉了我华莱士还没有被抓住。

我眯着眼睛进入了红外线接口，对棚子进行了慢速扫描。饲料袋、干草垛……诱捕器的门还是开着的。噢，兄弟，多么笨的家伙呀！你知道他正在干什么吗？他正站着笼子的外边，用他贪婪的大眼睛盯着罐子里的玉米……通过笼子铁丝的缝隙想啄里面的玉米！

我深吸了一口气，舒展了一下我健壮的肩膀，大摇大摆地向他走去。"警犬汉克，特别罪行调查员。这里是怎么回事？"

华莱士转身面向我，瞪大了丑陋的秃鹰眼，张着大嘴。"噢，你认为这里是怎么回事，小狗？我正在设法吃我的晚餐！"

"噢？有什么问题吗？"

"噢。问题是我能看见，但是我却够不着——凡是有眼睛的人都能看出来。现在，你走远点儿，别妨碍我，听见了吗？"他狠狠地啄了铁丝五下，翅膀扇动着。"这是最……我快要对它发脾气了！"他再一次用鸟嘴重重地啄着铁丝，铁丝还真的受到了重击，然后蹭了蹭嘴。"现在，嘴很疼，真的很疼。"

我尽力忍住没有笑出来——我的意思是，这是一个让人捧腹大笑的家伙。秃鹰笨得不知道进到笼子里！我慢步走到他的跟前，朝笼子里看了看。

"你知道，伙计，我是刚来的，但是看着很明显，在你和玉米罐之间隔着一道非常坚固的铁丝网。"

他瞪着我。"小狗，我看上去很笨吗？放老实点儿，告诉我实情。"

"是的。"

"好吧，我很清楚在我和那边的玉米罐之间隔着一道铁丝网，这就是我现在的全部问题。你看，我们秃鹰没有牙齿。你知道吗？"

"我从来没有想过。"

"噢，那就想想吧。如果我有一副钢锯一样的牙齿，我会把这个东西撕成碎片！"

"但是你没有，对吗？"

他张开嘴，指着里面。"你自己看，小狗。你在里面看见钢锯了吗？"

"没有。"

他啪的一声合上了嘴。"好吧，怎么样。别想着告诉一只秃鹰该怎么做，除非你想自己把铁丝网咬出一个洞来。"

我忍不住大笑起来。我的意思是，有时候治安工作很无聊，很沉闷，但是这次真的很好笑。"华莱士，让我们从另一个角度来看这个问题。假设……只是假设，有一种方法可以吃到里面的玉米，而又不用把铁丝网啄个洞。"

他盯着我。"好吧，假设捕鸟犬可以飞，假设猪可以骑马，假设我的名字叫露露。假设解决不了任何问题，小狗。"

我把一只爪子放到他的肩膀上。"华莱士，往左边看，告诉我你看见了什么。"

他斜着眼睛。"我看见……一个门一样的东西。"

"一个门！是开着的，还是关着的？"

"是……"他猛地转过头，瞪着我。"你想说什么？"

"华莱士，门大开着。你所需要做的就是走进去，吃你的玉米。"

他的眼睛来回地转动着，从我转到了笼子门，又转回到了我的身上。"那个门没开着。"

"是开着的。"

"没有，因为如果是开着的，当我刚进来的时候，我就会看见了。"

"华莱士，门是开着的，相信我。"

他把眼睛眯成一条狡猾的缝。"好吧，你这个自负而讨厌的先生，如果你认为没有开着的门是开着的，那就证明给我看。"

我对着他的脸笑了。"好吧，伙计，我证明给你看。好好看着，学着点儿。"我慢步走到笼子的前面，走了进去。"现在告诉我，华莱士，这门是开着的，还是关着的？"

他把翅膀抱在胸前，把后背朝着我。"我不说。"

"我是在笼子的里面，还是在笼子的外面？"

"好吧，也许因为你是……狗，我不知道你是怎么做的，但是不管怎么说，你是在骗人。因为你在里面并不意味着你能吃到玉米，你吃不到。"

我又哈哈地笑了起来。"华莱士，你就是个另类。注意看着，我给你做示范，然后你可以试试。"我向西移了两步，把一只爪子放在了盘子上……

啪！

啊？

我盯着华莱士，他也盯着我。我的大脑在旋转着，就像是狂风中的树叶。

华莱士先说话了："那是什么？"他蹒跚地走到门前，仔细地观察着。"噢，哎呀，门啪地关上了。"然后他瞪大了眼睛，嘴上带着丑陋的笑容。"小狗，你说这不会是个诱捕器吧，是吗？"我狠狠地瞪了他一眼。他笑了："所以，这就是个诱捕器，就跟枪一样，你想……哈哈！"

就在这个时候，小华莱士扭动着把他的头伸进了门的缝隙里。"爸……

爸爸，是什……什么声音？"

　　华莱士拍着翅膀，高兴地咯咯叫着。"你知道，小华莱士，这件事变得很可笑。我认为我们给自己套住了一条狗！"

　　噢，天哪。

第七章

华莱士唱
了一首愚
蠢的歌

　　我希望咱们能跳过这一段，你无法想象我有多么尴尬。我的意思是，当牧场治安长官发现自己……唉。好吧，让我们接着把故事讲完吧。

　　不知何故，我本来想……我都说不出口！

　　但是我不得不说。到现在你自己也已经猜出来了，所以没有必要再遮遮掩掩的。

　　好吧，生活的道路是曲折的，有很多拐弯的地方。有时候，当我们开始了一次长途跋涉，我们并不是每次都知道，啊，哪里才是终点，或者怎样才能到达终点。我们每次都有个计划，是吧？但是有时候，这些计划却出了问题，然后我们就会经历到失败的……痛苦。我们都经历过失败——我的意思是，这很正常，也很自然，我们应对失败的能力将会……

　　太可笑了。等等，我想起来了，没有谁鼓励我，我自己走进了笼子，触动了机关。好了！现在你知道残酷的真相了。

　　即使这是我第一次被关进笼子里，也已经够糟糕的了，但这不是第一次，已经是第二次了。即使我独自一人，也已经够尴尬的了，但是我实在太倒霉了，面前竟然还站着秃鹰当观众。

　　小华莱士摇摇晃晃地进到饲料棚里，眨了眨眼睛，露出了愚蠢的笑容。"噢，我……我的天哪，一条狗……狗在笼子里！"

华莱士兴奋地咯咯叫着。“对，这个笨蛋想把我关进去，却关进了他自己！哈哈。我说，小狗，你能把玉米递给我吗？哈哈！”

我咬着牙说：“华莱士，拜托你了。离开这儿，让我一个人待着。我需要安静。”

“哈，我相信你确实需要安静。但是小狗，你猜怎么着？突然我有想唱首歌的冲动。”

我的心往下一沉。“我的天哪！”

“你想听首歌？”

“不。”

“我不敢说我是一个很棒的歌唱家，但是你想听我唱歌吗？”

“不！”

他向我伸着脖子，噘着嘴。“噢，太糟糕了，因为我一定要唱一首。”他对小华莱士说：“儿子，给我起个G调。”小华莱士哼了个调。华莱士摇了摇头。“这不是G调，这是降G。”小华莱士又哼了个调，华莱士开始唱起了能使地球蒙羞的最糟糕的歌。

永远不要走进笼子

当我还年轻，站着只有膝盖那么高的时候，
我爸爸就告诉了我一些一只著名老秃鹰的故事，
他曾勇敢地经历过很多风险，
那时德克萨斯还在准备出售。

当那里不再适合人类和动物居住的时候，

他们迁移到了草原。

当爸爸讲完了每个故事之后，

他告诉了我一个真理，他是这样说的：

"永远不要走进笼子，儿子，

除非你是个笨蛋，或者傻子，儿子。

当你不在里面的时候，陷阱很好玩，

当你触动了机关，砰，你就得完蛋！"

老爸很精明，知道许多他应该知道的事情，

就像大多数先驱式的人物。

他们离开了土地，像男人一样地生活，

他们必须顽强才能生存。

但是男子气概和顽强还远远不够，

他们还必须狡猾。

灾难会出现，愚笨的人注定要灭亡，

我老爸是这样告诉我的：

"永远不要走进笼子，儿子，

除非你是个笨蛋，或者傻子，儿子。

当你不在里面的时候，陷阱很好玩，

当你触动了机关，砰，你就得完蛋！"

现在我老爸已经走了，
我想把坐在他膝盖上学到的智慧传下去。
小华莱士还很年轻，有人会说他很愚蠢，
他也有一些自己的优点。

所以，听着儿子，生活不只是乐趣，
还有危险、灾难和运气。
当你遇到一个笼子，等一会儿，打个盹儿，
让笨蛋进去吃里面的诱饵。

永远不要走进笼子，儿子，
除非你是个笨蛋，或者傻子，儿子。
当你不在里面的时候，陷阱很好玩，
当你触动了机关，砰，你就得完蛋！

跟你预料的一样，我不得不听着华莱士可悲的音乐垃圾的每一个字。如果听完了第一句，我能退席该多好呀，但是我没有选择。所以我坐在那儿像一块石头一样用能杀死人的目光瞪着他。

当他完成对音乐和高雅欣赏品位的蹂躏，华莱士鞠了个躬，小华莱士则拍起了翅膀。"噢，唱得太……太好了，爸……爸爸！"

"谢谢，谢谢你。儿子，你刚来的时候，头脑有点儿不清楚，但是你现

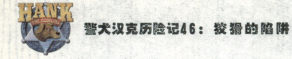

在说得很有道理。"他转过身对着我。"怎么样，小狗？你听过比这更好听的音乐吗？"

"三只流浪猫在肚子疼的时候，所发出的声音也不会比这更糟糕。"

"好吧，我从来没有说过我是世界上最好的歌唱家，但是你必须承认这首歌富有哲理。"

小华莱士点了点头。"是……是的，我……我学到了很多，爸……爸爸。"

华莱士冲我咧嘴笑着。"你看？年轻人不应该太鲁莽。这首歌告诉我们一个很清楚的道理，小狗：笼子是给笨蛋准备的。"他咯咯笑着。"看看你在哪儿呢！哈哈。"

他的笑声在我的耳朵里回响着。"你有完没完？"

"噢，也许完了，也许还没完。如果你再给我几分钟，我可以再给你编首曲子。你喜欢吗？"

"不。"

华莱士转身面向小华莱士。

"他就是一个可悲的失败者，是吗？你知道，我认为他从我的歌里什么也没有学到。"他又转头看着我。"好吧，我能看出来，我的天赋在这儿没人欣赏。"

"这是肯定的。"

"所以我琢磨着我和小华莱士将会……"他的眼睛里闪着光，看着那罐玉米。"我说，喂，邻居，我认为你不会介意把玉米递过来吧？我的意思是，狗又不吃玉米，而且我讨厌看着好吃的被浪费了。"

我的大脑里跳出了一个主意。"好吧，没问题。走近点儿，看看我能做些什么。"

哈哈。你看出我恶毒的计划了吗？哈哈。华莱士是一个贪婪的家伙，他不会拒绝一顿免费早餐的。

他跳到笼子的跟前，一副垂涎欲滴的样子，两个翅膀在一起摩擦着。"只要一次递出来一点儿，小狗。"

我抬起一只爪子，在罐子上狠狠地拍了一下。过了一会儿，华莱士眨着眼睛，从鸟嘴里滴出了口水，脸上带着急切的表情。"呀，你不需要这样做！小华莱士，你看他干了什么？"

现在该轮到我笑了。"我就是这样看待你的人品和你的音乐的，华莱士——用玉米来回报你粗俗的歌曲。"

我认为这是个非常好的计策，但是你知道怎样了？在短暂的震惊后，这个老傻瓜立刻开始啄起他能找到的每一粒玉米。"缺点儿盐，但是还不算太差。小华莱士，你也过来吃点儿。"

小华莱士只是笑了笑。"噢，不用了，爸……爸爸。我就在这儿看着。"他看着我耸了耸肩。"他……他有点儿贪……婪，很贪婪。"

"是的，我已经注意到了。"

华莱士花了一分半钟啄完了地上的玉米。他闪出了一个微笑，揉了揉肚子，打了个饱嗝。"太棒了，太棒了。玉米不过就是玉米，但是总比看得见吃不着强。"他的目光在我的身上来回游离着。"也比坐在笼子里强。哈哈！小伙子，我知道你为自己感到很自豪。"

小华莱士摇了摇头。"爸……爸爸，别这样说。"

"为什么不？岂有此理，他想把我关进那个笼子里！"

我说："是的，但是你太笨了，甚至连门都找不着。"

华莱士把这句话想了一会儿。"好吧，一切都已经结束了，不是吗？你被关在了笼子里，我要去飞行猎食了。小华莱士，我们走吧。我有一种感觉，有一只被压死的肥兔子正在偏僻的路边上等着我们呢。"

小华莱士向我挥了挥翅膀，溜出了门。华莱士冲我眨眨眼睛，给了我最后一个嘲笑，闪到了外面。我松了口气。终于，又得到和平与安静了！

我向棚子的四周瞥了一眼，突然我觉得进退两难的压力落到了我的头上。我的天哪，我怎么又使自己陷入了麻烦？我的意思是，进到笼子里的主意是为了做个示范……噢，兄弟！

斯利姆永远也不会理解的。当他来检查诱捕器的时候，他会……唉。我甚至想象不出他将说些什么。我必须得出去！我打开我大脑里的麦克风，发出了紧急呼救信号。

"汉克呼叫卓沃尔。请注意！这里是第一小队。我们在饲料棚里需要马上增援！重复：我们呼叫增援！这次不是演习，卓沃尔，这是三级紧急事件！你收到了吗？"

我竖起耳朵，听着。什么也没有。不，等等！我好像听到了一个嗖嗖的声音，可能是小秃尾巴狗在向我的方向移动。我满怀希望等待着，倾听着我的心脏发出的跳动声。

声音越来越大了。没错，就是卓沃尔！他来救我了！

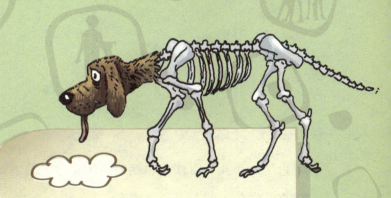

第八章

毁灭！

过了一会儿，卓沃尔扭动着身体爬过了门下面的缝隙，出现在里面。"汉克？你在这儿吗？"

"卓沃尔，最亲爱的伙伴，最信赖的朋友，我简直无法告诉你，见到你我是多么高兴！"

"你在唱歌吗？我好像我听见有人在唱歌。"

"那是两只秃鹰，但是别管他。嘿，再见到你真是太好了。快过来。你看上去太棒了。"

"谢谢，我也这样觉得。"他给了我一个很奇特的表情，把头歪向了一边。"你……又被关进……笼子里了？"

"卓沃尔，我知道，看上去好像是这样，但是……好吧，是的，经过了一系列奇怪事件，我确实被……关进笼子里了，是这样的。你愿意听听整个故事吗？"

他打了个哈欠，坐了下来。"噢，我想行吧。当然了。"

我把悲惨的故事全部告诉了他。"情况就是这样。你也看见了，我只不过是想尽我的职责，没有哪条狗可以做得更多了。"

他点了点头。"是的，但是我认为你可以做得少一点儿。"

"什么意思？"

"噢……也许你不应该进到笼子的里面。"

我透过铁丝网瞪着他。"你为什么还要重复这显而易见的事情？难道我不知道吗？卓沃尔，你看起来像在咧着嘴笑，这让我很难受。"

"谁，我？"他转到了一边，这样我就看不见他的脸了，但是我能听见他的窃笑声。"我猜着秃鹰一定会认为这非常好玩。"

"噢，当然了，但是你还能指望秃鹰会怎样？他们没有顾忌，没有更高的目标意识。我们狗，从另一方面来说……卓沃尔，你不仅在咧着嘴笑，而且还笑出了声来。"

"不是我。哈哈哈。"

"那么你为什么要发出这种荒谬的声音？卓沃尔，我对你太失望了。现在的形势非常严峻，只有被扭曲的大脑才笑得出来。"

"我知道，但是……嘿嘿……我忍不住想知道斯利姆会怎么说，当他……嚎嚎。"

他后半句话被淹没在一种奇怪的声音中。我想用愤怒的话狠狠地指责他，但我还是决定，啊，采取一种更温柔的方式。

"事实上，我自己也在考虑，我认为我们可以一致同意，这个样子看上去不太好。这里面有很大的风险，如果斯利姆看见了会认为……这是一种无能的表现。不用我提醒你，你就应该知道这将会玷污我们治安部门全体人员的名声。"

"我知道。哈哈，嘿嘿，嚎嚎！"

"这不是什么可笑的事。"他又哈哈嘿嘿地笑了一阵。"但是我能看出来你的心眼已经坏了，所以还是直说了吧。把我从这里面弄出去！"

他终于想法控制住了自己。他忍住了笑声，但是他脸上古怪的笑容使我

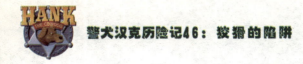

感到很不安。"好吧，我倒是乐意帮你，但是我不擅长开门。"

"这有什么难的？上面有两个插销，门的两边一边一个，你需要做的就是……你看，卓沃尔，这会毁了我的职业生涯的！过来，想想，这是命令。"

他慢步走到笼子的跟前，研究着插销装置。他还在咧嘴笑着。"秃鹰是这么唱的吗，你被关在了笼子里？"

"是的，事实上是这样唱的，你能不能专心点儿？"

"我敢肯定那是一首很好笑的歌。"

"不是一首很好笑的歌。是一首粗俗、拙劣、不文明、不礼貌、充满噪音的歌。快点儿，把我弄出去。"

"那首歌的名字是什么？"

我控制不住我嘴唇上要咆哮的肌肉，我向他亮出了锋利的犬牙。"我关心那首歌的名字吗？不。我关心的是怎么从这个该死的东西里出去，挽救我的职业生涯。快点儿！"

"噢，可我想知道那首歌的名字。"

"好吧，我告诉你！这可是你自找的，伙计！"在理直气壮的愤怒中，我向这个矮子冲了过去……砰……我或多或少地忘记了铁丝网，非常坚固的铁丝障碍……我揉着撞伤的鼻子。"让我想想，你是问那首歌的名字吗？"

"是的，我很好奇。我从来没有听过秃鹰唱歌。"

"你会听到的，相信我。我必须得提醒你，当你听了这首歌的名字之后，你会震惊，会愤怒的。"

"噢，天哪。"

"名字是……什么来着。'永远不要走进笼子。'怎么样。你被惊呆了吧？"

他的笑容更加灿烂了。"准确地说，没有。我认为这个名字很可爱。"

"卓沃尔，一点儿也不可爱。对你的反应，我感到非常失望，但是这个问题我们可以以后再谈。把门打开。"

"是怎么唱的？"

"什么是怎么唱的？"

"那首歌。你在意唱上一两句吗？"

我盯着他空洞的眼睛。我简直无法相信。"你认为我会……"我用眼睛向四周看了看。我现在没有讨价还价的余地。"卓沃尔，我很高兴你终于对事情感到好奇了，我的意思是，好奇是一种非常优秀的品质。如果我给你唱了这首歌，你能不能保证把这件丢人的事忘了，集中精力把门打开？"

"噢，当然了，没问题。"

"你可是保证过的？"

他举起他的左爪。

"我以斯科特的名誉保证。"

"你不是斯科特。"

"以狗的名誉。"

"好吧，你是狗，所以这回算数。"我叹了口气。"我开始唱了。"说完，我给他唱起了那首无聊的歌：

> 永远不要走进笼子，儿子，
>
> 除非你是个笨蛋，或者傻子，儿子。
>
> 当你不在里面的时候，陷阱很好玩，
>
> 当你触动了机关，砰，你就得完蛋！

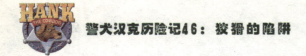

我仔细看着他的脸，希望能看见……噢，某种线条和皱纹表现出生气、不满和道义上的愤怒。但是这些我都没有看到，我看到的却是他傻瓜一样的笑容甚至更加灿烂了，他说……这是他的原话……他说："噢，太好笑了！哈哈！太好玩了！这是我所听过的最好笑的歌！多么棒的一首歌呀！"

然后，当着我的面……你简直无法相信……这个小傻瓜开始摇摇晃晃地到处走，笑得死去活来！

"卓沃尔，这样做很不礼貌！别笑了，打开门。小子，这是命令。立刻放我出去，否则我会……卓沃尔，你已经用狗的名誉发过誓了！卓沃尔，快回来！卓沃尔！"

事件出人意料的转变把我给惊呆了。我的意思是，就是在我最荒唐的梦里也不会想到，这个小懒鬼如此卑鄙，居然违背了他以狗的名誉发过的庄重誓言，把我丢下，坐在那儿，等待着生活的毁灭。但他就是这样做的。

他的笑声消失在远方，寂静就像是……什么东西包裹着我。就像是一条冰冷潮湿的毯子，就像是一条裹尸布。唉。好吧，这次真的是我自己走进来的，我已经无能为力了。我也不想再给斯利姆编什么故事，因为已经没有故事可编了。

在接下来的三个小时，我坐在笼子里，经受着内疚和自责烈火的煎熬。这是我一生中最漫长的几个小时。我甚至没有吃罐头玉米来安慰自己，因为玉米已经被华莱士这个贪婪的家伙吃完了。我试着想一些愉快的事情来打发时间，但是我只能想起一件令人高兴的事：如果我能活着从这里出去，卓沃尔要为他背信弃义的行为付出高昂的代价！

一缕光线终于出现在门缝里。当我听见开过来的小货车声，恐惧的战栗传遍了我的全身。我大口喘着气，坐直了身子。棚子的门被打开了，在耀眼的阳光下我一时什么也看不清。然后我看见……斯利姆。

他盯着我。我什么也没说，也不想解释这解释不清的事情，甚至都懒得摇一下尾巴。他翻了翻白眼，然后消沉地靠在了棚子的墙上。

如果他对着我大声喊叫，我也许会感觉好一些。他可以跳着脚，跺着他的帽子，揪下一些头发，嘴里吐着白沫，啐在地上，咆哮，吼叫，呼喊，发怒，用脏话骂我。但是他没有，我所得到的只是他冰冷沉默的指责，伙计，他公开地藐视我。

他摇了摇头，眨了眨眼睛，向周围看了看。最后，他说话了："如果我的狗不停地触动诱捕器的机关，还让我怎么抓住浣熊呢？"

这是个让人脸红的问题，好吧，我没有一个简单的答案。噢，我有一个简单的答案：也许我可以不再走进他这个白痴一样的诱捕器。但是生活很少有这么简单的时候，至少在这个案子里肯定没这么简单。斯利姆不了解这个案子的深层情况，他永远也不会了解。我怎么解释我是被秃鹰骗了、愚弄了？没法解释。这个故事用摇尾巴、呻吟和面部表情是无法表达清楚的，因为它太离奇了。

我宁可带着真相进坟墓。斯利姆则到他的坟墓时仍会认为，他曾跟一条傻狗一起生活过。但是这又有什么用呢。

他懒散地走到笼子的跟前。我能感觉到他冰冷愤怒的目光，不敢看他。我垂着头。他在那儿站了很长时间，什么也没说，然后他开口了："这么说，你喜欢吃那些玉米？"

不，我不喜欢吃玉米。我甚至连一口都没吃。但是他不理解。

他打开了笼子的门，用一根手指指着升起的太阳。我理解为我可以离开

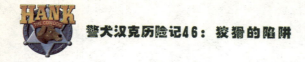
笼子，离开饲料棚，到外面去，直到找个地缝钻进去。

我正是这样做的。我拖着尾巴，就像拖着一根没有生命的浇园子用的软管，跋涉到了外面，把一个曾经是我朋友的人和一份有着光明前途的职业留在了身后。

我没有跟着斯利姆去喂牛。不仅是他不需要我一起去，而且我也没有心情陪他。我想一个人待着，我需要时间来审视我破碎的生活，记住美好的时光，为生活中的不幸而哭泣。

还有，我已经决定继续走下去。我的职业生涯结束了，我曾经服务和热爱过的牧场没有什么可留恋的了。想起这些就让我心碎，但是我要继续走下去，直到只剩下一副骨架，所有的骨头都掉在地上，让秃鹰来把它们收拾干净。

你觉得这样合适吗？我将成为华莱士的小吃，以此形式来结束我的生命，也许他会对着我的骨头再唱一首无聊的歌。

我走着，走啊，走啊，直到……噢，我发现自己站在了器械棚的前面。这时，我已经变得非常疲倦。对我来说通向世界尽头还有很长的路要走，而且……噢，我饿了。别忘了，我整个晚上……整整两个晚上都被关在关浣熊的笼子里。

我走到被当作狗碗的、翻过来的福特轮毂前，开始嚼没有味道、和锯末一样的合作社生产的狗粮。我说过没有味道了吗？它们不是没有味道，而是有陈腐油脂和锯末的味道，但是我不在意，因为我就配吃陈腐的油脂和锯末。

嚼啊，嚼。

当华莱士来拣我骨头的时候，它们会有锯末和油脂的味道，这个想法让我感到有点儿高兴。（另一个让我感到高兴的想法就是摆平卓沃尔。）

　　我正沉思在我被毁掉的生活中，这时我听见汽车开过来的声音。我不愿意转过头去看。我已经不关心了。汽车停了下来。门打开了，又关上了。我还是没看。我想不出我想看见哪个人……或者是哪个人在我感到羞耻和失宠的时候想见到我。

　　"汉克，你觉得情绪低落吗？"

　　是斯利姆的声音。

第九章

秃鹰的
巫术

我停下来，抬起头看着他。是的，我的心情糟糕得就差跳井了。

他跪在我的身边，我能听见他膝盖发出的声音。"一条我自己做的牛肉干是否能让你的心情好点儿呢？"

不。是的。也许能好一点点。

他从口袋里掏出一条牛肉干，送到我的鼻子下面。我闻了几下，确信不是用配制火药的配方做的。有时候他做的牛肉干里放了大量的辣椒，能辣掉你的牙齿。但这次不是，所以我接受了他的馈赠。

"你知道，小狗，其实我和你很像。"

噢？听他这样说我很难过。

"我们都想把事情做好，但是总出乱子。但是你知道吗？你总是能给我带来希望。"

什么意思？

"你看，如果你不在这个牧场了，我就会认为我是唯一的一个犯愚蠢错误的人。"

噢。太好了。

"所以，振作点儿。我知道你不是有意连着两个晚上都被关进我的笼子里的。你只不过是缺乏头脑，仅此而已。"

难道这样就能使我的心情好点儿吗？

"但是，事情是这样的，汉克。"他用一根手指指着我的鼻子。"连着两次已经够了，也许今天晚上你能找到别的事情做，行吗？你看，我真正想抓的是浣熊。"

难道我不知道吗？我当然知道。

"现在，如果你保证做一条好狗，离我的笼子远点儿，咱们就算是和好了，又是朋友了。"

噢……

"我知道你已经保证过一次了，但是这次也许你能抵制住使你走进笼子的诱惑。"

诱惑跟这没有一点儿关系。我是想抓住一只秃鹰……我没法跟他解释。

他挠了挠我的耳朵后面。"我们去喂牛吧，鬼东西，也许我还能为你唱首歌。"

噢，求你了！这是怎么回事？突然之间，牧场的每个人都想给我唱首歌！

他站了起来，他的膝盖又发出了响声。"我们走吧。这是新的一天，我和你将尽力做好，千万别再出乱子了。"

噢……好吧。如果能使他感觉好点儿，我可以放弃我准备走到地球的尽头，变成一堆骨头的计划。反正那个计划听起来好像有很多麻烦。

我跟着他走向小货车。他打开门，指着里面。"如果你保证不呕吐，我可以让你和管理人员一起坐在前面。"

我们能不提过去的事吗？他应该知道，我现在还没有看见一棵青草的嫩芽呢，更别说吃了。而且我已经吸取了教训。

我跳到小货车的座位上，直接坐在了副驾驶座上，我们开始了新的喂牛历险。并不是每一次都激动人心，但是我们至少把牛喂了。斯利姆忘记了给我唱歌的事，这使我大大地松了一口气。我的意思是，我们狗要对我们的主人表现出足够的忍耐，但是说实话！

噢，而且斯利姆没有再说笼子的事。对此，我很是感激。我认为他对这件事处理得很好，没有施加压力，只是说了些足以表明他观点的话。我们把事情谈过了，就像一条成熟的狗对一条成熟的狗，一个男人对一个男人，我们达成了很好的谅解。

他要我离他的浣熊笼子远点儿，我会尽力这样做。我再也不会把脚踏进笼子。我永远不会靠近他该死的笼子十英尺之内。就是野马和骆驼也休想拉我靠近那该死的笼子。事情的结果就是这样。

跟往常一样，当夜幕降临的时候，我结束了晚上对牧场总部的巡逻，向办公室走去。你能猜出来谁已经在那儿蜷缩在他的麻袋床上了。是卓沃尔。我冰冷地瞪了他一眼，没有说话。他坐了起来。

"嗨，汉克。我猜你生我的气了。"

"不。'生气'不足以表达我的情绪。"

"那就是……非常生气，哈？"

"你想我会怎样？你这个小叛徒！你把我留在了笼子里，斯利姆早晨在那儿发现了我。你觉得这会让我感觉怎样？"

"你被开除了？"

"不，我没有被开除，卓沃尔，我辞职了。我耻辱地辞职了，但是斯利姆求着我回来。"

他跳了起来，摇摆着他的秃尾巴。"噢，太好了，我太高兴了！"

"好了，你不会高兴太久的。站好，士兵。"

"我已经站好了。"

"别跟我犟嘴。走到最近的拐角，鼻子冲着里面。"

"噢，糟糕。"

"去！"

卓沃尔哀鸣着，抱怨着，但是我没有理睬。他慢吞吞地走到最近一个角铁做成的油罐腿那儿，鼻子对着角铁。他抱怨道："我讨厌把鼻子对着角落！"

"好，很好。告诉我你到底有多么讨厌。"

"噢……比污垢更讨厌。"

"继续说。"

"比水更讨厌。"

"但是我喜欢。接着说。"

"比打喷嚏还讨厌。"

我享受着他的痛苦。"所以你的意思是，你希望待在别的地方，对吧？"

"是的，几乎是任何地方。"

"现在你知道了我在笼子里是什么感觉了。你为自己走开，把我丢在那儿腐烂而感到抱歉吗？"

"我知道你不会腐烂的。"

"卓沃尔，你是抱歉，还是不抱歉？"

"是的，但是……我控制不住自己。我忍不住要笑。"

我看着别处，叹了口气。"你看，这就是最伤害我的地方。我一个人，感到很无助、很可怜，你却觉得很好笑！你算是什么狗？"

他几乎流出了眼泪。"是那首歌让我觉得好笑的。我觉得那是带点儿……巫术的歌。"

我仔细看了这个小笨蛋一会儿。"巫术的歌？你是什么意思？"

"噢，这首歌使我疯狂。我想帮你，但是那首歌……噢，我觉得很可怕！"

我开始踱步，就像灯光亮起的片刻，出场时我经常做的那样。"让我说得更直接一些。你是说那首歌的歌词渗入了你的大脑，控制了你的身体？"

"是的，事情就是这样。真的很奇怪。"

"嗯。有意思，卓沃尔，我必须承认我还没有从这个角度考虑过。你知道，那首歌是一只秃鹰写的，也是他唱的。"

"我知道。"

"我知道你知道。我刚才就是这么说的，别打断我。"我继续踱步。"秃鹰看上去有点儿奇怪，是吗？"

"是的，他们长得太丑陋了，他们让我毛骨悚然。"

"在毛骨悚然和巫术之间有一种联系，对吧？当然了，我为什么没有早点儿想起来呢！"我转过身，面对着他。"我想明白了，伙计。你想明白了吗？那首歌给你施了魔咒。"

"糟糕，我从来没这么想过。你的意思是……"

"是的！华莱士清楚地知道他在干什么。他用巫术迷惑了你！"

"你是说妖法？"

"如果你不是被施了妖法，你永远也不会嘲笑我的不幸。"

"噢，是的。我能把我的鼻子从角落里拿开吗？"

"还不行。"我又开始了踱步。"噢，他们很聪明，这些坏蛋。但是谁会怀疑一只秃鹰呢？很显然，你不会，但是真正令我害怕的是我也中了他们的圈套，就像是一只羔羊对一名纤夫。"

"应该是屠夫。"

"什么？"

"就像是一只羔羊对一名屠夫，而你说是纤夫。"

我向他翘起了嘴唇。"你是想纠正我的发音，还是想听我下面的报告？"

"我的脖子累了。"

"我不管。注意听着。"我又从他的身边走开，我的大脑在高速地运转着。"华莱士把所有的事情从一开始就计划好了，你直接走进了他的圈套。"

"不对，我认为是你。"

"我走进了他真实的圈套，但是你走进了他非真实的圈套。换句话说，卓沃尔，我们被同一个坏蛋给算计了。我们都是他阴谋的无辜牺牲品。"

"该死，你的意思是……"

我走到他的身边。"是的。本法庭发现你是无辜的，对你的指控不能成立。"

"太不可思议了。"

"你现在出狱了，你可以走了。"

"噢，伙计！"他从角落里移开鼻子，咧嘴笑着。然后他的笑容消失了。"是的，但是我不知道去哪儿。"

"那好吧，回你的房间去。"

"我已经在我的房间里了。"

我用爪子在他的后背上拍了一下。"你看？所有的事情都得到了圆满的解决。现在我们睡觉。"我们直接走到了各自的麻袋床，然后倒在了上面。经过了一段寂静，我说："卓沃尔，对不起，我对你发脾气了。"

"噢，没什么。"

"我还以为你是因为胆小怕事、小肚鸡肠。"

"是的，我要饿死了。"

"我从没想过你是被秃鹰施了妖法。"

"我喜欢鸡肠子。"

"在我感到无助和绝望的时候，我责怪过你，我觉得很对不起。你能原谅我吗？"

"伙计，那是一首很好笑的歌。哈哈。"

我盯着他脸的轮廓。"什么？"

"我说……当你错了的时候，一点儿也不好笑。"

"噢，你说得对。"我深吸了一口气。"好了，卓沃尔，我很高兴我们解决了这次危机。关灯。抓紧时间睡一会儿。把这段令人不愉快的事情永远抛到我们的身后。"

我还以为这件事永远过去了，但是就在这个时刻，我听到了一个声音，又把这个案子带入了新的危险的方向。你绝对猜不出来到底是怎么回事。

第十章

卓沃尔在夜里失踪了

好吧，让我们再回顾一下以前的情节。如果你还记得，就应该知道，我和卓沃尔刚刚结束了促膝谈心，对我们的个人问题进行了坦诚、动情的讨论。卓沃尔承认……我承认……这里有点儿复杂，所以咱们还是跳过这些细节。

关键的是卓沃尔被从监狱里释放了出来。我们从秃鹰华莱士的卑鄙阴谋中挽救了我们的友谊。

换句话说，正义在最精美的瓷盘里得到了伸张，我们饱餐了一顿……正义的盛宴。我们享受了一段和平与宁静。但是然后……

我听到一个声音，一个非常清晰的咔嚓声。卓沃尔也听见了。我们抬起了头，发现我们自己在盯着对方的眼睛。是我先开口说话的。

"什么声音？"卓沃尔转动着眼珠儿。"我不知道。我认为是从……饲料棚里传来的。"

"饲料棚？嗯，我怀疑……饲料棚！"

"噢，我的天哪，你认为可能是……诱捕器？"

我跳了起来，想清理掉我大脑中的烟雾……应该是大脑中的迷雾。"饲料棚……诱捕器。我觉得这里面有某种联系，卓沃尔。饲料棚里有一个逮浣熊的诱捕器，还记得吗？"

"是的，我们刚才谈论的就是这个。"

当线索开始自发地编织成证据链的时候，我的眼睛在黑暗中探查着。"你说得对。我们抓住了某个东西！但是你却忽略了一个非常重要的细节。这次被关住的不是我。"

"我真该死。"

"这是本年度以来最好的消息。你明白这其中的意义吗？"

"噢，让我想想。"

"我们抓住了小偷，卓沃尔，就是那只给我们造成巨大痛苦的偷东西的秃鹰。"

"噢，我的天哪！"

"我甚至还有更好的消息，伙计。我们准备派出侦察队到饲料棚去。"

"那太有意思了。"

"我现在委派你去执行这项任务。"

他盯着我看了一会儿，然后站起来，开始瘸着腿走了一圈。"你知道，我愿意去，但是突然这条老腿……"

"我不想听你的'老腿'。我向斯利姆保证过再也不走近那个笼子，我不能去。"

"是的，但是……噢，我的腿！"

"士兵，你已经接到了命令，你得去执行。"

"你的意思是……"

"是的。"我用鼻子戳着他的脸，向他亮出了犬牙。"如果你敢像以前经常做的那样，溜到器械棚去，我会亲眼看着你在火里被当作野餐烧烤。"

"好吧，但是……"

"去！我会在这儿等着你的报告。"他抱怨着，哀诉着，但是我没有对他表现出丝毫的联系，应该是怜悯。"不要让华莱士对你唱歌。别忘了，他会施阴谋诡计。"

我看着他，直到他消失在黑暗里。噢，我注意到一个非常有意思的细节。在开始的五十英尺，他瘸着腿，拖着身子，然后他一点儿也不瘸了。这是不是很可疑呢？我认为是的。

你看，几年来我一直在收集有关卓沃尔所谓腿瘸的情报，所有的资料摞起来有达拉斯的电话簿一样厚了。我们还是没有足够的证据对这个小矮子进行最后的指控，但是现在情况开始清楚了，他是在装瘸。

你感到震惊吗？我知道，很难让人相信，精锐的安保人员能卑鄙地做出如此低劣的行为。但是你亲眼看见了。我要把这个最新的情报加在他的档案里。

噢，看来所有的事都解决了，我的精神兴奋起来。如果卓沃尔能带回好消息，牧场将不再受到损害。等到早晨，斯利姆会发现笼子里有一只秃鹰，而不是我，他会感到非常自豪，因为我遵守了我庄重的承诺，没有到笼子跟前去。牧场的生活会恢复正常，我们将幸福快乐地继续生活下去。

我们将会幸福得像肝泥香肠。

我们将会……唉。

总之，我的心情很激动。我设定了我大脑里的秒表，开始计时。我计算着卓沃尔应该在……几分钟内回来，五分钟，六分钟，十分钟。对于卓沃尔，我们必须加上一些他闲逛的时间，看看月亮，追追蟋蟀。

一个小时过去后，我开始担心了。两个小时以后，我在办公室中间的路上来回踱着步。他到哪儿去了？也许是发生了什么事情：他被秃鹰施了妖法，在回来的路上被抢劫了，被郊狼劫持了，迷路了，迷失方向去了草场……

对于卓沃尔来说，可能发生的灾难数也数不清。

我全部的本能都告诉我去找那个小笨蛋，但是如果我最终走进了饲料棚，该怎么办呢？那可是我保证过不能去的地方，噢，保证毕竟是保证。但是如果这个小家伙出了什么事，我将永远无法原谅自己。

这已经成了我整个职业生涯中最为沉重的道德上的抉择，现在看来是最佳的时间来……噢，唱一首有关狗在生活之巅面临着沉重的道德抉择的歌。你听好了。

沉重的道德抉择之歌

我对斯利姆发过最庄重的誓言，

他是我的牛仔伙伴和最忠诚的朋友。

我的荣誉要求我对他忠诚，

我不能因为一时的兴致而反复无常。

诱惑就像是一个楔子，

被某人挥舞着大锤把它揳进大脑里。

劈开大脑，把它分成两半，

但是伙计，保证就是保证，就是保证。

但这是我最害怕的进退两难的局面，

可怜的卓沃尔已经不是第一次失踪了，

他可能又深深地陷入了麻烦里，

也许他现在需要一口棺材。

我的大脑被深深地劈开，分成了两半，

留给我道德的抉择让我为难。

我对他们两个的友谊都是真的，

所以一条狗到底应该怎么办？

但是等等，有一个声音在我的脑袋里，

这是在催促我采取行动。

我听见一个清晰的声音在说：

"汉基，忘了他吧，回到床上去。"

你认为这首歌怎么样？好吧，也许不是那么太好，但这可是我现场创作的呦。绝对比秃鹰写得好。总之，它能让你了解一点儿牧场治安长官每一年的每一天所面临的痛苦的选择。

而且还告诉了你，我的解决方法，哈哈。回到床上去，忘了所有的烦恼。

为什么不呢？我的意思是，仅仅因为我们面临着沉重的选择，并不意味着我们必须找出答案。是谁在管理这个牧场，是我，还是沉重的选择？是我在管理这个牧场，如果我想要休个假，当一个不负责任的人，谁能管得着我呢。我确实就是这样想的。

我也是这样做的。我熄了灯，蜷缩在麻袋床的下面，蒙上我的眼睛和耳朵，再也不想有关斯利姆或卓沃尔的任何事情。

得了吧，他们有他们的生活，我有我的。

这招很管用。好了，但是这只持续了三分钟，然后……唉……我再也受不了了。我知道你会怎么想。我为这个案子付出太多了，我应该给自己放一个晚上的假……是，是，是。我也有同样的想法，但是这样做我的心里不安。职责在召唤，卓沃尔需要帮助。

我站起来，深深地吸了一口气。我真的不想这样做。我不迷信，但是我必须承认，回到饲料棚，让自己靠近那个笼子，对这件事我有一种不好的感觉。你也许会说，一个笼子就是一个笼子，只不过是钢筋和铁丝做成的东西，但是我跟那个笼子曾有过倒霉的往事。如果出了什么错，我就会使自己第三次被关进那个东西里。

一个寒战通过了我的全身。我甚至连想都不愿意想。斯利姆是个好人，但是如果我连着三个晚上被关在了笼子里……噢，伙计，我们没有必要去冒这个险，我必须保证不发生这样的事情。

我离开了办公室，乘电梯来到了一楼。在那儿，我找到了卓沃尔的气味，跟着气味一路向西。我一直希望能找到第二个踪迹，能显示出小傻瓜是去查看笼子了，然后离开了饲料棚，在草场上走丢了。

很不幸，踪迹直接到了饲料棚，没有显示他又走了出来。

这时，一个新的想法开始出现在我的大脑里。咦，如果我们听到的不是笼子门的声音，会怎么样呢？如果卓沃尔走进了笼子，触动了机关……把自己关在了里面！在我忙着创作歌曲的时候，这些事情都有可能发生，对吗？笼子的门可能会砰的一声关上了，我却没有听见。

这将会是一个很大的悲剧，当然了，哈哈。对不起，我并不是有意要笑。这将会是一个悲剧，是对治安部门名誉的又一次打击。但是从另一方面来看……哈哈……当我被关进去的时候，卓沃尔认为非常好笑，所以，我的天哪，如果他被关在了笼子里面，我就是笑得死去活来也没什么错。

也许你会认为我有如此卑鄙的想法很不应该，但是别忘了，分享是非常重要的，其中也包括分享耻辱和指责。我想跟卓沃尔分享这种经历，仅此而已。

我悄悄地走到饲料棚的门前，听了听。我能听见……一种嗖嗖的声音，然后是说话声。我虽然听不清说的是什么，但我敢肯定是卓沃尔的声音。

嗯。显然，他没有任何危险，这我就放心了。我比之前更相信……哈哈……他被关在了笼子里。所有的线索都指向了这个方向。你看，如果我们抓住了秃鹰，卓沃尔没有必要继续待在饲料棚里。我的意思是，他害怕秃鹰的巫术，他会立刻跑回办公室去，告诉我这个消息。

这样的解释很合理。对，他就在笼子里，在自言自语。我几乎抑制不住我兴奋的心情，应该是我关切的心情。心里笑着，我趴在地上，扭动着身体穿过了门的缝隙。"喂，卓沃尔，你觉得怎样……"

啊？

第十一章

埃迪的假冒
直升机

你准备好听一些令人震惊的消息。还记得所有的线索都毫无疑问地证明卓沃尔被关进笼子里了吗？忘了这些线索吧。有时候线索会把我们引导到正确的方向，有时候则不然。这次线索就给我们提供了很多误导我们的信息。

当我扭动着身体爬进饲料棚的时候，看见卓沃尔没有在笼子的里面自言自语，我惊呆了，震惊了。你知道谁在笼子里面吗？不是华莱士，也许你已经想到了，是……浣熊埃迪！

是的，我的老朋友还在过着犯罪的生活，这次他让自己被抓住了。噢，公正太好了！

到目前为止，一切都进行得很好。但是令人不可思议的是卓沃尔留在了饲料棚里。他为什么不向我报告这个消息呢？这样很不合乎规矩。

我的突然出现令他们大吃一惊，卓沃尔给了我一个带有负罪感的笑容。"噢嗨。我们抓住了埃迪，我正要去告诉你呢。"

我大步地走到他的面前，用燃烧的眼神瞪了他一眼。"你要去告诉我呢？卓沃尔，你已经在这儿待了两个小时了。我已经着急得不耐烦了。我无法想象你已经变成了什么，我现在也想象不出来。"

"噢，我只是……埃迪在给我表演魔术。"

"魔术？"

我钢铁一样的眼神从卓沃尔移向了埃迪。他坐在笼子的中间，还是我以前认识的那只小浣熊，只是成熟了一点儿，身材也大了一点儿。大了一点儿？这话听着不对劲，不是吗？我的意思是，一点儿就是小的意思，他要不就大了，要不就小了，大了一点儿是什么意思，所以我们应该说："他看上去有些长大了。"

但他就是曾经做过斯利姆宠物的那个家伙。我可以在任何警察的队伍里认出他。

一个陌生人见了埃迪也许会说："噢，一只多么可爱的小浣熊啊！他难道不可爱吗？"你看，浣熊有某种品质能使人类，甚至狗注意到他们"可爱的一面"。他们的眼睛上有一圈黑色的眼罩，他们走起路来像狗熊，他们的手有五根手指，非常像人类的手。

如果你从来没有和浣熊打过交道，你就会认为他们很"可爱"，会对他们所做的有趣的事情报以笑声。但是我跟浣熊打过很多次交道，我知道他们并不是那么可爱。例如，他们的小手在到处不停地乱动，在制造恶作剧。他们能把垃圾从垃圾桶里掏出来，偷鸡窝里的鸡蛋，撕开饲料袋，毁掉整个饲料棚，他们会开门，几乎能从所有的包围圈里逃走。

在这个时刻，虽然埃迪的双手没有制造恶作剧，但是他们依然在忙着。他的手里在滚动着一个空的玉米罐头盒，还不时地把它抛到空中。

他看见我在瞪着他，他用吱吱的声音说："噢，嗨。你好吗？"

我推开卓沃尔，走到笼子跟前。"喂，埃迪。还记得我吗？"

"当然了。肯定记得。看门狗，是吧？就会狂吠，类似这样的，对吧？"

"你所说的部分是对的。我是牧场治安长官，有时候我确实狂吠，但是我还有一个甚至更重要的工作。我开展调查，破获罪案，逮捕愚蠢的走进我笼子的浣熊。"

"你说得对。想看个魔术吗？"

我还没有来得及回答，卓沃尔就说："你应该看看，汉克，真的绝了。"

"卓沃尔，你现在可以走开了。我必须让这个囚犯招供，样子会不太好看的。"

"好吧，但是他能把罐头盒变没。"

我用鼻子戳着他的脸。"你明白'走开'的意思吗？我必须审讯囚犯，在你闲聊什么魔术的时候，我无法集中精力。回办公室去，等着下一步的命令。再见。"

卓沃尔低着头，开始向门走去。"噢，讨厌，你没必要说话这么刻薄。我们刚才还玩得好好的。"

"是的，我注意到了。你游手好闲了整整两个小时，还跟一个臭名昭著的罪犯玩得好好的。你违反了我们的规定，我将把这些写进我的报告里。现在滚开！"

他扭动着身体出了门，我转身回到囚犯的面前。"好了，埃迪，让我们说说吧。"

"多好的一个小家伙啊。"

"什么？"

"柔沃尔。多好的一个小家伙。"

"他的名字叫卓沃尔，他是一个多好的小笨蛋。有时候，我都感到奇怪，我为什么还把他保留在工资单里。"

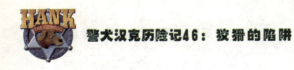

"他喜欢我的魔术。"

"是的，噢，笨蛋总是很容易满足的。不好的消息是我对你的魔术没有丝毫的兴趣。"

"我的魔术很酷。"

"我不感兴趣。"我发觉自己在透过铁丝网看着他。"埃迪，你是怎么让自己陷入这个麻烦的？我的意思是，你拥有整个得克萨斯州的潘汉德尔地区作为你的游乐场，但是你却回到了我的牧场来，把自己关了进去。"

他转动着眼珠儿。"想吃点儿玉米。饿了。"

"埃迪，小溪里有的是鱼和青蛙，和其他的浣熊可以吃的东西。你没有必要偷玉米，祸害饲料棚。"

他的眼睛打量着笼子。"感到无聊。月光下的疯狂。月亮出来了，我必须得跳舞。"

是的，我知道关于月光下的疯狂——是埃迪制造不幸的借口。"好吧，看看是什么把你给关住了。"

"我必须得出去！洞，必须找到一个洞。"他在笼子里面转了一圈，用手检查着铁丝网。"这儿？不是。这儿？也不是。洞在哪儿呢？"他双手抓着铁丝网，用乞求的目光看着我。"你能帮我。门。"

"埃迪，埃迪！你知道，我不能那样做。在法律上，我们是对手。"

"看着过去的份上，求你了？"

我摇摇头，开始在笼子的前面踱步。"我讨厌这样，埃迪。看见你在铁窗里面让我感到不舒服，但是你犯了法。你没有……"

"约束自己？"

"完全正确。你没有约束自己。你做了……什么的俘虏。"

"冲动？"

"对，但是如果你不介意，我要继续说下去。"

"当然，没问题。"

"不幸的是，埃迪，你是个小骗子。有时候，你是一个可爱的小骗子，但对我的工作来说，骗子就是骗子。"

"你坐过直升机吗？"

我站住了。"什么？"

"直升机。你坐过吗？"

"没有。"

"想坐吗？"

"当然，谁会不想呢？你为什么要问这个？"

"只是好奇。"

我重新开始踱步。"噢，你从来不缺少好奇心，伙计，这是你问题的一部分。你看，好奇心在某些方面是好事，但也可以使爱管闲事的小浣熊……"

就在这时，我注意到他正在笼子里做一些不寻常的事情。他坐在笼子的前面……我看得更仔细些。他是在对空玉米罐头盒说话吗？是的，他好像是在……噢，对着麦克风说话。

"塔台？这是埃迪一号。完毕。"

我走近笼子。"你现在在干什么？"

他把一根手指举到嘴唇上。"嘘。跟塔台通话。"

我瞥了饲料棚的四周一眼。"塔台？什么塔台？"

他又对着罐头盒讲话了。"塔台？这里是埃迪一号。请求启动发动机。

完毕。"然后他把罐头盒放在左耳朵上，听着。他点点头，又把罐头盒放回了嘴边。"收到，谢谢。"他面向我。"最好站远点儿。"

我对这些不感兴趣，也没有站开些的意愿，但是后来我听见了奇怪的声音：轰，轰，轰。突然，我觉得站开些……或许是个好主意。

我从笼子旁移开，听着"轰，轰，轰"变成了持续的吼叫声。在笼子里，埃迪的双手在胸前移动着，好像是他在……噢，搬动开关，或者什么东西。

他这是在干什么？浣熊不应该发出这样的声音，是吗？我的意思是，我知道他们可以发出滴答声、唧唧声、咆哮声和低吟声，甚至还可以发出一些其他的声音，但是我现在所听到的声音完全像是……噢，发动机声，或者机器声。

一架直升机的声音。

"嘿，埃迪，我能看见你在忙着做什么事情，但是我有点儿好奇……"

他举起一只爪子表示安静，开始对着……无论那是罐头盒，还是麦克风说话。"塔台？这里是埃迪一号。点火。一切正常。"他转过来对着我。"什么？"

"这是些什么声音，跟你说话的所谓的塔台又是谁？"

他叹了口气，摇了摇头。"控制塔台。直升机，试验飞行。"

我盯着他珠子一样的小眼睛，笑了出来。"直升机！控制塔台！你疯了吗？"

"只不过是有点儿晕。"他把握紧的拳头推到身前，好像是在握着操纵杆，或者什么东西，而且……咦，发动机的轰鸣声越来越大了。

在轰鸣声中，我喊道："嘿，埃迪，肯定是什么地方出了问题。那是一个笼子，不是直升机。"

他不耐烦地瞪了我一眼。"事情是会改变的。能量守恒，热力动力学，能量转换，量子力学，你不知道吗？"

"我没有说我不知道。只是听上去有点儿古怪，仅此而已。"

他耸了耸肩。"你想飞上一圈吗？"

"哈哈哈。我，在你说是直升机的笼子里飞上一圈？哈哈。"

"可以试试。就一小圈。是一个很刺激的经历。"

"决不。"

他又耸了耸肩。"好吧，待在那儿。"他又开始对着麦克风讲话了……空玉米罐头盒。我不相信他是在对着麦克风讲话。"塔台？这里是埃迪一号，请求起飞。完毕。"

他看着我。"最好往后站。你听清楚了吗？"

我好奇地眨了眨眼睛。"嘿，先等等，先别飞呢。"我走到饲料棚的门，向外窥视了一下，确定卓沃尔没有偷偷地监视我。他不在外面，所以我走回到埃迪和他……无论是什么，假冒的直升机。

我和埃迪肯定要对这件事进行一次严肃的谈话。

第十二章

埃迪走进了
我的圈套

我走到笼子的跟前，严厉地瞪了埃迪一眼，用的是法官对那些认为自己正在驾驶直升机的浣熊所给出的严厉眼神。"埃迪，对此我有几个问题。把发动机关了。"

他扳动着开关……噢，发动机熄火了。他又显得很不耐烦。"好吧，说。快点儿。"

"别对我说快点儿，别忘了谁是这儿的负责人。第一，我很难忘记你有偷窃的前科。我并不想让这事听起来很粗鲁，但是埃迪，你以前曾欺骗过我。那是你另一个著名的鬼把戏。"

他耸了耸肩。"我那时还年轻，不懂事。我现在是飞行员了。不会再到处制造麻烦了。"

我仔细观察他的脸，想找出丝毫的能显示他是在撒一个弥天大谎的痕迹。当你在治安部门工作了几年，和犯罪分子打过交道，你就能掌握某种技能看出谁在说谎。对不起，我们没有时间讲测谎的细节了。

一点儿时间也没有吗？我觉得没关系的。

好吧，让我们先从变化的眼神开始。骗子和罪犯的眼神总是游离不定的。当他们说谎的时候，他们的眼神就会到处游动，不会跟你的眼神接触。如果你接受过测谎技术的训练，你能立刻看出这种迹象。

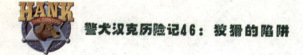

除了眼神，我们还要观察他们的肢体语言。这里面有些小细节能逃过没有经过观察的训练者……应该是没有经过训练的观察者，如，垂肩，呼吸急促，上嘴唇出汗，手掌出汗，垂肩，呼吸急促，手掌出汗。

很长，是吗？没有经过训练的狗就会漏掉这些细节，或者不会费心去寻找这些迹象。在我们部门，我们要花时间去寻找。所以，在整个得克萨斯州我们的测谎率是最高的。

我这并不是吹牛，但事实就是事实。还有谁会告诉你这些呢？总之，我给你提供了一个探究我们工作中所使用的秘密技术的机会。

埃迪一点儿也不知道他正在被受过特殊训练的专业人员打量着，观察着，评估着，分析着。我的意思是，一只浣熊能懂得些什么呢？他们只知道制造不幸，损坏东西，但是他们缺乏深层的智商来理解测谎是怎么回事。

有人说浣熊很聪明。哈，去问问研究浣熊的专家，比如，问问我，我来告诉你，是谁聪明地被关进了笼子里，却不能聪明地出来。我的意思是，看看谁在笼子里你就清楚了。

好吧，也许我自己也曾有几次被关进了同一个笼子里，但那是发生在不同的情况下。我相信你也会同意的，在这种情况下同样的事情绝不会再发生，所以还是让我们继续我们的调查。

埃迪在笼子里面；我在笼子外面，观察着，研究着，分析着他的一举一动。他的目光转了一圈，然后落在了我的身上。"想看个魔术吗？"

"不。我很忙。"

"无聊。"他开始玩空罐头盒，从一只手抛到另一只手里。然后，突然就在我的眼前，罐头盒……噢，不见了。我眯着眼睛，仔细地看着。

"嘿，罐头盒到哪里去了？"

他哈哈笑着。"没了。噗。消失了。哈哈。"

我用探究的眼神打量着笼子。没有发现罐头盒。"埃迪，你还是我的囚犯，我说过了不许变魔术。罐头盒在哪儿？"

埃迪的目光转了一圈。他看了看一个腋窝的下面，然后是另一个。他咧着嘴笑了笑，耸了耸肩膀。"消失了。"

"埃迪，罐头盒是不会消失的，我不相信魔术。罐头盒在哪儿？"

他很无辜地看着我（这让我感到有些不安），然后站了起来。啊？我真该死。他原来坐在了罐头盒上。

他咧嘴笑了笑，开始转动他的手指。"没关系。现在你看见了，现在你没有看见。哈哈。想看另一个魔术吗？"

"不，我不想看另一个魔术。坐下，规矩点儿。你应该知道，我正在对你进行测谎试验，你使我的工作变得非常困难。"

"是吗？测谎？也许我能帮你。"

我对着他的脸笑了。"哈哈哈。噢，太可笑了，埃迪。我是在运用诊断学来判断你是否在撒一个无耻的谎言，你还要帮忙？哈哈！你真了不起，伙计，我成全你。"笑声从我喉咙里消失了。我向身后瞥了一眼，然后走近他。"你说帮我，是什么意思？"

他伸出张开的手，手掌向上。"你看？手掌是干的。"

我眯着眼睛看着他所谓的手掌。他们好像是……啊……干的。"好吧，干手掌，你想说什么？"

他指着上嘴唇。"你看有汗吗？"

"没有，我没看见汗。你是什么意思？"

他直接盯着我的眼睛。"眼神接触。你认为怎么样？"

我们互相凝视着过了很长一段时间。"我告诉你，我是怎么想的，小骗子。你进了我们的文件室，阅读了我们有关测谎的秘密资料，我就是这么想的。我不知道你是怎么做到的，但是你让我感到讨厌。我走了，再见。"

我朝饲料棚的门走去。在我的身后，他说："你为什么不相信直升机呢？"

我停下来，回头看着他。"埃迪，我相信直升机。我只是不相信……我拒绝相信你正坐在飞机里面，或者如果那是真的飞机你就会驾驶，所以那不是真的。"

"我在测谎试验中表现得怎么样？"

我沉默了很长一段时间，搜寻着答案。"你通过了。你知道是为什么吗？"我走回到笼子的跟前。"你的表现真的动摇了我对测谎技术信赖的根基。我了解你，埃迪。我知道你所有的行为模式和思维倾向，在你的生活字典里甚至就没有说实话这几个字。"

他看了一会儿房顶。"你永远也不会明白，除非你自己坐过了。"

我用鼻子戳着铁丝网。"埃迪，我不会去坐的。我永远也不会去坐浣熊笼子里的直升机。我的话你明白了吗？"

"短暂的飞行。五分钟。"

"不。"

"四分钟。"

"不！"

"好吧，两分钟，就两分钟。然后你就明白了。"

我的大脑里在剧烈地斗争着。我坚定地认为这只不过是他又一个不怀好意的游戏，但是从另一方面来说……我小跑到饲料棚的门口，向外窥视了一眼。没有人在偷看，所以我又走回到了笼子前。

"好吧，伙计，就两分钟，但是只能两分钟。"

他高兴地拍着手，用敬佩的眼神看着我。"你很勇敢，是个真正有勇气的人。"

"闭嘴，埃迪。你说得越多，我越担心。我怎么进到你所谓的直升机里呢？咱们两个能一起坐进驾驶舱里吗？"

他尖声大笑着。"当然了。很容易。"他跑到笼子门边，从铁丝网里伸出一只手，这样他就能够到两个插销中的一个。"我拨开这个。你拨开那个……"

"不要告诉我该怎么做。我还是这儿的负责人。"

"对。不好意思。"

我大摇大摆地走到笼子门前，研究着插销装置。"好吧，你拨那边的插销，我拨这边的。"

"这个主意太了不起了。我怎么没有想到呢。"

"当两个插销都打开的时候，你抬起门把它打开。明白吗？"

"明白。"

"当门打开的时候，我就钻进副驾驶的位置。明白吗？"

"知道了，机长！"

机长，你知道，我喜欢这个称呼。这里表现出一种尊重。我的意思是，埃迪是个榆木脑袋，但是我认为他最终还是弄明白了谁在这儿说了算。哈哈，是我，机长。

笼子门没有费劲就被打开了，我的意思是，就像是我们在一起练习了几个星期。这就进一步证明了，当埃迪肯动脑子的时候，他就会成为团队里非

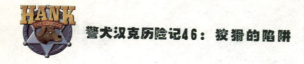

常出色的一员。

你看，从某种意义上来说，在最后的五分钟，我和埃迪结束了过去的敌对关系。我们把思想和才能用在了一起，把自己打造成一支飞行队伍，准备用这架飞机进行首次单独飞行。这将是一次非常危险的任务，我知道，埃迪也知道，但是我们情愿冒着生命危险去推进知识和科学的发展。

我们将作为一个团队来执行这次任务。

跟你说实话，对我们两个来说这是个非常激动人心的时刻。在几周和几个月的训练后……阅读操作规程，学习仪表知识，在飞行模拟器上积累飞行时间，熟悉飞机上的每一寸地方……经过所有这些训练之后，我们终于准备好了把天空戳个窟窿，像鸟儿一样翱翔。

你知道，我经常梦想着能驾驶一架直升机。

我等待着，直到听见机舱关闭的声音，然后我给了埃迪一个小小的意外。"噢，计划有些改变。我准备自己飞。你当副驾驶。"

他透过铁丝网盯着我。"真的？"

"埃迪，你的手非常灵巧，但是这次任务，我们需要钢铁一样的神经，还有我带给这个团队的大量经验。"

他叹了口气。"该死。"

"对不起，我利用了职权。准备好了吗？"

"你可以一个人飞。"

我笑了。"不，你不明白。你看，飞机需要我们两个来飞，因为……"

啊？

我盯着铁丝网。好像……啊……我被关在了铁丝网的里面，而埃迪……我四处张望着。

"埃迪，别管我刚才说了什么，那是在开玩笑。你来驾驶。"他像猴子一样走到饲料袋前，在上面撕了个洞。"埃迪，你没有时间想吃的了。"

他从袋子里扒出一些饲料，用他灵巧的小手在里面捡着，然后拿起一个放在嘴里嚼着。"想吃一口吗？"

我透过铁丝网瞪着他。"不，我不想吃！快进来，驾驶飞机！这是命令！"他继续吃着。我开始对此感到心神不安。"埃迪，我必须问你一个紧急问题，我想知道真相。"我吸了口气。"埃迪，这个东西真的是直升机吗？"

他尽情地享受着，吞下手里剩余的饲料，细嚼慢咽着手缝里的碎屑。然后他看着我的眼睛说："不是。是浣熊笼子。哈哈。我是个坏人。他们应该把我关起来。"

然后他又继续撕开了三个饲料袋，把饲料从饲料棚的一头撒到了另一头。

"好了，伙计，现在情况清楚了。你被逮捕了！埃迪？"

噢，兄弟！

好了，我猜你能想象出剩下的故事。第二天早晨的八点钟，斯利姆来了。他走进饲料棚……我们没有必要讲所有的细节了。既不愉快，也不好玩。

但是在你痛哭流涕之前，我告诉你一个小秘密。结果并不像你想象的那么糟糕。你看，当一只浣熊祸害了一个地方，吃了大量蛋白质含量百分之三十八的饲料后，你觉得他会干些什么？他会找个舒服的地方，蜷缩成一个球，睡觉，嘴里还不停地嘟嚷着。他确实是这样做的。

我首先得承认当时的情景看上去非常糟糕。他睡在笼子的二面，而牧场

治安长官却被关在笼子的里面，但重要的是……

你看，我早就知道，如果我跟埃迪的阴谋诡计一直斗下去，虽然我在里面被关了一会儿，但是他……他终究会睡着的。是真的。这是典型的浣熊行为习惯。嘿，他直接走进了我的……啊……圈套，也可以这样说，是真的。

当斯利姆走进来的时候，埃迪还没有醒，外面很冷，浣熊只能在月夜里疯狂后才能睡着。斯利姆需要做的就是抓住他的后颈，把他提起来，把他拖到两英里外的牧场的另一个地方，让他睡在一棵木棉树的树杈上。

因此，通过秘密行动和巧妙的安排，我使这个案子真相大白了，为牧场除掉了一个诡计多端的偷饲料的小夜贼。非常神奇，哈？的确是这样。

现在说实话，你认为我中了浣熊的诡计？你以为我真的相信了那个……有关直升机的荒唐故事吗？哈哈。我没有，伙计，从开始到结束，这个案子始终在我的掌控之中。是真的。

当然斯利姆永远也不会明白。他叹息着，愤怒着，用带有侮辱性的话来辱骂我，然后他和鲁普尔整整嘲笑了我一个星期——"老笨蛋"连着三个晚上被关在了浣熊的笼子里。

这是一种耻辱。我的意思是，他们还想怎样？我抓住了那个小骗子，破了案。噢，还有，只要你和我知道事情的真相，我就知足了。

阴谋陷阱的案子结了。

说实话，我从来没有相信过有关直升机的故事。谁会相信这样的胡言乱语呢？反正我不相信。

第47册《稚嫩的小鸡》

当年幼的阿尔弗雷德带回家一群可爱的小鸡来养时，他希望汉克——牧场治安长官，帮助他保护他们的安全。但是在汉克看来，这些小鸡不仅看上去很可爱，而且看上去很好吃。他能为了很好地完成任务而放弃狗的本性吗？强烈的食欲是否会最终战胜他呢？你会在有趣的《警犬汉克历险记》系列丛书中本册的最后部分找到答案。

下册预告

你读过警犬汉克所有的历险吗?